Grassauer Deichelbohrer

Literaturpreis 2019

Anthologie

Herausgegeben von Angeline Bauer

Impressum

Wenn Sie mehr über unser Verlagsprogramm erfahren möchten, besuchen Sie uns im Internet:

www.by-arp.de

und auf Facebook

Inhaltsverzeichnis:

Vorwort

Grassau ist eine Marktgemeinde im Chiemgau, die sich schon seit vielen Jahren im Bereich Kunst und Kultur engagiert, bisher aber vornehmlich auf dem Sektor Musik. Aus der Musikschule Grassau gingen viele Profimusiker hervor, darunter vor allem Blechbläser, die an großen deutschen Opernhäusern zu finden sind, aber auch Geiger, Popmusiker und mehr.

Auch der große, inzwischen verstorbene Dirigent Wolfgang Sawallisch lebte in Grassau. Seinen Besitz vermachte er einer Stiftung, die junge Talente im Bereich Musik fördert.

Im Jahr 2019 lobte Grassau zum ersten Mal auch einen Literaturpreis aus. Gesucht waren die besten Kurzgeschichten zum Thema Nähe. Ganz bewusst hat man sich gegen eine Altersbeschränkung der Autoren oder gegen das Festlegen eines Genres entschieden. Vorgegeben wurden einzig das Thema und die Läge der Geschichten, beschränkt auf 9000 Zeichen. Und so erhielt die Jury rund 470 Einreichungen verschiedenster Art. Krimis, Liebesgeschichten, Skurriles, sogar moderne Märchen waren darunter.

Aus diesen 470 anonymisierten Einsendungen wählte jeder Juror die acht Geschichten aus, die ihm am besten gefielen, das Thema Nähe in all seinen Schattierungen immer im Auge behaltend. Daraus ging die Longlist hervor. Aus der Longlist wurden nach einem Punktesystem die acht Geschichten ermittelt, die schließlich die Shortlist und am Ende die drei Siegergeschichten ergaben.

Die Geschichten, die es auf die Longlist geschafft haben, sind hier als Anthologie zusammengefasst. Manche stimmen nachdenklich, andere lassen einen schmunzeln oder verwundern den Leser ob ihrer Bizarrheit.

Ein Dank geht an die Autoren für die Genehmigung zum Abdruck – und Ihnen, den Lesern, wünschen der Bürgermeister und Gemeinderat von Grassau, die Jury und die Autoren viel Spaß beim Lesen.

Angeline Bauer

Schall und Rauch

Janina Rehak

„Schläfst du?", fragte Daisy.

Er drehte den Kopf auf dem Kissen. Sein Atem, eben noch gleichmäßig warm in ihrem Nacken, veränderte den Rhythmus, wurde zu einer trägen Gegenfrage.

„Schon gut", sagte Daisy. „Es ist nichts."

Sie lauschte. Draußen war Lärm. Silvester, das Jahr 1926 wurde eingeläutet.

Daisy nahm einen Schluck aus der Flasche. Die stand immer griffbereit neben dem Bettpfosten. Ihr Inhalt machte Kopfschmerzen und sorgte dafür, dass Daisy meist bis zum Mittag liegen blieb.

Die Männer, mit denen sie zu tun hatte, nahmen sie einfach und für gewöhnlich nicht in den Arm. Danach drehten sie sich um, grunzten ein paarmal, kratzen sich am Hintern und schliefen ein. Daisy legte sich dann ans andere Ende des Bettes. Ihr Arm baumelte über den Matratzenrand. Beobachtete durch die Vorhänge die Lichter der Straße und hörte den Nachtschwärmern zu. Schrill kichernde Frauen, Gelalle, Gebrüll. Man wusste nie, ob die Kerle im fahlen Laternenlicht gleich aufeinander losgehen oder doch lieber Bruderschaft trinken würden. Ob die Frauen vor ihren Verehrern davonliefen, oder sie heimlich anfeuerten.

Ihre Liebhaber gingen und vergaßen auf dem Weg zur Tür ein paar Scheine, manchmal auch ein Tütchen mit weißem Pulver oder eine Schachtel Zigaretten.

So viel war sie wert, dachte sie, wenn sie dem Qualm zusah, der an die Zimmerdecke zog. Ein bisschen weißes Pulver und ein wenig blauen Rauch, von dem die Tapete schon lange gelb geworden war.

Er stand immer in der ersten Reihe, die vierte Geige von links. Zigaretten gab er ihr freiwillig, und das weiße Pulver brauchte er selbst. Aber was er hatte, teilte er mit ihr und bezahlte sie trotzdem.

Das verletzte die wichtigste Regel, die Daisy für ihre Männer bereithielt: Nichts für umsonst.

Er brachte alles durcheinander. Und sie konnte nichts richtig machen. Geschenke für sie waren im Protokoll nicht vorgesehen.

Und er hielt Blickkontakt, währenddessen. Und ließ sie nicht los, wenn es vorbei war. Anfangs hatte sich Daisys Körper deshalb verkrampft. Sie wehrte sich nicht, kam ihm aber auch kein Stückweit entgegen, und alles in ihr schrie nach Zigaretten, dem weißen Pulver und dem Schmerz, der zuverlässig von gepanschtem Fusel kam.

Natürlich merkte er das. Er hörte am Klang seiner Geige sogar, wenn das Wetter umschlug. Also gab er ihr Feuer und sie rauchten, so wie sie waren, aufrecht im Bett sitzend, Rücken an Rücken. Daisy trank, dann reichte sie ihm die Flasche, immer über die rechte Schulter hinweg. Er gab sie ihr über die Linke zurück. Wenn Daisy genug hatte, legte sie die Arme um seine Taille und zog ihn aufs Kissen zurück. Eng an ihn geschmiegt, schlief sie vor ihm ein. Jedes Mal.

Heute hatte sie sich zurückgehalten, hatte mit geschlossenem Mund angesetzt, ein Schluckgeräusch von sich gegeben und nur ihn trinken lassen. Jetzt lag sie da, leckte sich süßscharfe Tropfen von der Oberlippe und schnurrte zufrieden. Das musste sie ihm nicht vorspielen.

Noch zweimal flüsterte sie seinen Namen, und er antwortete ihr.

Beim dritten Versuch blieb es still.

Er schnarchte nicht. Natürlich nicht.

Daisy löste sich aus der Umarmung. Noch im Bett zündete sie sich eine neue Zigarette an, dann schwang sie die Beine unter der Decke hervor. Mit der Flasche trat sie ans Fenster und zog die Vorhänge auf. Lichter. Menschen. Gelächelter. Geschrei. Aber keine Musik. Die entstand ganz von selbst in Daisys Kopf. Ihr nackter Fuß begann zu wippen, dann ihre Hüften und schließlich bewegten sich auch die Arme mit.

Daisy wiegte sich nicht zu Geigenklängen. Sie tanzte Charleston und sie tanzte ihn großartig. Ihr Lippenstift hinterließ bunte Abdrücke auf Zigarettenpapier. Die Männer liebten ihr Lachen, den selbstgeschnittenen Bubikopf, ihre glühenden Wangen. Sie gaben ihr Champagner aus und klaubten Glitzerpailletten aus ihrem Dekolleté. Den Frechsten klopfte Daisy auf die Finger.

Er griff ihr nie ungefragt in den Ausschnitt, aber er strich ihr den Pony glatt. Dann wandte Daisy den Kopf ab. Sie war ungeschickt mit der Schere, doch solange sie durch den Saal wirbelte, merkte das keiner. Im Gegenzug drehte sie eine seiner Locken um ihren Zeigefinger und zupfte daran.

„Fuchskopf", sagte sie. So hatten sie Jungs wie ihn in der Schule genannt. Sein Haar war dick und feuerrot, keine Pomade konnte es bändigen und es stach aus jedem Orchestergraben hervor. Wie ein vereinzelter schiefer Akkord, der eine Sinfonie erst perfekt machte.

Daisy drehte eine Pirouette. Dabei verzog sie den Mundwinkel. Sie fing bereits an, seine Sprache zu sprechen, zu denken wie er. Es war ein Versuch, sich seiner Welt anzunähern, obwohl ihr dazu sämtliche Voraussetzungen fehlten.

Er beherrschte den Charleston. Nicht so gut wie sie, aber ausreichend. Sie hatte keine Ahnung von wirklicher Musik.

Er blamierte sie niemals auf dem Parkett, und wenn doch, dann nur, weil sie beide sternhagelvoll waren. Dann lachten sie einander aus und erklären den Abend offiziell für beendet. Eng umschlungen verliefen sie sich auf dem Weg zum Ausgang, küssten sich ins Taxi und trieben es später im Flur, weil sie es nicht mehr zum Bett geschafft hatten.

Manchmal bat sie ihn, etwas für sie zu spielen. Privatkonzert, für sie allein. Sie meinte es ernst, er scherzte darüber: „Du kannst dir meine Gage nicht leisten."

Daisy war verletzt und verletzte zurück. Sie fand einen solventen Herrn, der mir ihr ins Konzert ging. Seitdem bekam sie ihr Solokonzert, wann immer sie wollte. Sie lag auf dem Bett und er spielte. Einer von ihnen war immer nackt.

„Mozart?", fragte sie, wenn er fertig war. „Bach? Wagner?" Damit war ihr Repertoire erschöpft, aber seines noch längst nicht.

„Sibelius", sagte er.

„Wer?", fragte Daisy und biss sich im nächsten Moment auf die Zunge. Er sah sie seltsam an und packte die Geige weg. Solche Szenen liefen immer gleich ab. Und immer hatte einer von ihnen hinterher keine Lust mehr.

Daisy geriet aus dem Takt, mitten in der Schrittfolge. Ascheflocken rieselten aufs Parkett. Daisy hielt die Pose noch einen Moment. Sie brachte ein verwirrtes Lächeln zustande, verbeugte sich vor einem unsichtbaren Publikum, drückte noch rasch die Zigarette auf der Fensterbank aus und schlüpfte ins Bett zurück. Die Flasche rollte über den Boden und prallte gegen den Geigenkasten.

Er blinzelte, dann sah sie ihn im Halbdunkel lächeln. „Du zitterst ja." Seine Stimme klang flach, heiser von Schlaf und Tabak. Er zog sie an sich und legte den Kopf in ihre Halsbeuge, genau zwischen Kinn und Schlüsselbein. Seine Hand tastete sich zu ihrer Brust hinauf. Dort blieb sie liegen. Daisys Körper reagierte, doch sie sie hielt still und schloss die Augen.

Ihre Brustwarzen blieben hart, auch als ihr schon längst wieder warm geworden war.

Unter der Decke legte Daisy ihre Hand auf seine. Sie betastete die schmalen Finger, erkundete Sehnen und Muskeln unter der Haut, die rauen Kuppen, die vom täglichen Üben knotigen Gelenke.

Sie versuchte, sich an ihr Lieblingslied zu erinnern. Es wollte ihr nicht mehr einfallen.

Daisy umschloss seine Finger mit ihren. Die Mittelhandknochen waren dünn und beweglich, sie ließen sich zusammenschieben wie Mikadostäbchen. Nur die Knöchel bildeten einen Widerstand.

Daisy grub die Nase tief in sein Fuchskopfhaar.

„Es ist nichts", sagte sie leise, direkt über dem Ohr, mit dem er den Wetterumschwung hören konnte. „Es ist gar nichts."

Der Duft sterbender Bücher

Heidi Lackner

Essig. Gemähtes Gras. Karamell.

Der Duft von Verfall.

Ich stehe in dem kleinen Nebenraum einer Bibliothek, umgeben von Büchern. Es sind wertvolle Bücher, mindestens 150 Jahre alt. Ich muss ihren Zustand durch meine feine Nase erspüren. Die Gerüche vorsichtig analysieren, bevor sie sich verflüchtigen. Eine Probe des Papiers dem Gaschromatografen anvertrauen. Dem Restaurator mitteilen, wie er das Buch zu behandeln hat. Es ist eine Arbeit, die ich gerne tue, weil sie alte Bücher vor dem Verfall rettet.

Doch heute bin ich nicht konzentriert.

Anstatt die bebilderte Bibel für die nächste Analyse aus dem Regal zu nehmen, gehe ich zum Schreibtisch zurück. Ich streife die Maske ab, die ich zum Schutz vor Schimmelsporen trage, und ziehe die Handschuhe aus. Langsam öffne ich eine Schublade und entnehme ihr einen Gedichtband. Er ist alt und abgegriffen, bedürfte dringend einer Restauration. Doch es ist mein Buch, das mit mir zusammen altert. Ich streiche über den Einband, nähere meine Nase dem Papier.

„Ein Besucher fragt nach Ihnen.“

Ich zucke zusammen, da ich die Bibliothekarin nicht habe kommen hören. Sie verirrt sich nur selten hierher. Ohnehin haben Besucher nur selten Zugang, um das empfindliche Raumklima nicht zu stören. Es ist mir ganz recht so.

„Ich hab zu tun.“

Sie lässt nicht locker. „Er meinte, es sei wichtig.“

„Wenn es so wichtig ist, wird er wohl warten können.“ Ich wende mich ab. Leise entfernen sich ihre Schritte.

Mit meinem Buch in der Hand trete ich ans Fenster. Meine Augen benötigen inzwischen ausreichend Tageslicht, um noch unangestrengt lesen zu können. Bevor ich den Blick auf die Seiten senke, betrachte ich mein Spiegelbild in der blitzsauberen Scheibe.

Meinen durch jahrzehntelange Schreibtischtätigkeit gerundeten Rücken. Die blasse Haut von jemandem, der selten an die frische Luft kommt. Falten um die Mundwinkel. Zeichen des Verfalls. *Wenigstens riecht man es noch nicht*, denke ich in einem Anflug von schwarzem Humor, *wenn ich von alten Büchern umgeben bin.*

Bücher waren stets Teil meines Lebens. *Grimms Märchen*, aus dem mir meine Mutter vorlas und das mir die unendliche Welt der Worte erschloss. Die zerfledderte Leselernfibel der ersten Klasse, weitergereicht von meinem älteren Bruder. Dicke, abgegriffene Abenteuerromane aus der Bücherei in meinem Stadtviertel. *Die Schatzinsel*, erworben vom ersten eigenen Taschengeld. Goethes *Werther*, Hesses *Steppenwolf*, Stokers *Dracula* – Flohmarktfunde, die mein Erwachsenwerden prägten. Engere Freunde, als es Schulkameraden je waren. Bücher sprachen zu mir, verlangten aber keine Antwort. Sie akzeptierten mich, mehr als andere, mehr als ich mich selbst.

„Verzeihung, aber Ihr Besucher lässt sich nicht abweisen." Die Bibliothekarin steht wieder hinter mir.

„Haben Sie ihn nach seinem Namen gefragt?"

„Den wollte er nicht nennen. Er meinte, Sie würden ihn sonst vielleicht nicht sehen wollen."

„Meinetwegen." grummle ich. Hauptsache, sie geht wieder und lässt mich mit meinem Buch allein.

Ich stehe unbeweglich am Fenster, hänge meinen Erinnerungen nach. An die Sinnlichkeit meiner ersten Leseerlebnisse. Die spröde Weichheit eines Ledereinbands. Die Farben eines künstlerisch gestalteten Titels. Das Knistern der Seiten beim Umblättern. Jedes Buch besitzt einen einzigartigen Geruch, der eine eigene Geschichte erzählt. So auch das Buch, das ich in den Händen halte.

Wieder werde ich in meinen Gedanken unterbrochen. Doch dieses Mal ist es nicht die Bibliothekarin. Die Luft um mich herum scheint sich verändert zu haben. Moleküle eines lange vergessen geglaubten Dufts dringen in meine Nase. Ich atme zwei-, dreimal ein und aus, um ganz sicher zu sein. Wage es nicht, mich umzudrehen, um die Illusion noch ein wenig hinauszuzögern. Die Illusion, dass *er* dort steht. Nach all der Zeit.

Es riecht nach Vanille. Nicht ungewöhnlich, wenn man von verfallenden Büchern umgeben ist. Es ist ein typischer Geruch, der mir verrät, wie weit der Alterungsprozess eines Buches fortgeschritten ist. Doch Vanilleduft, den die Haut eines Menschen verströmt, ist etwas völlig anderes. Der Duft im Raum ist kaum wahrnehmbar, doch er wirft mich gedanklich um Jahre zurück. Zurück zu dem Tag, als er mich in meinem Buchantiquariat aufsuchte.

„Guten Tag, wie kann ich Ihnen weiterhelfen?" Noch bevor mein Blick in seine dunklen Augen fällt, nehme ich den leichten Vanilleduft wahr, der von ihm ausgeht.

„Ich suche ein Buch." Seine Augen deuten ein Lächeln an.

„Ich würde sagen, da sind Sie hier richtig." Ich greife das Lächeln auf. „Geht's noch etwas genauer?"

„Gedichte. 18., 19. Jahrhundert. Haben Sie so etwas?"

„Lassen Sie mich nachsehen." Ich führe ihn zu einem Regal mit alten Gedichtbänden. Ziehe ein paar Bücher hervor, mache Vorschläge. Versuche zu

erahnen, was ihm gefallen könnte. Was liest jemand, der einen Duft nach Vanille und Melancholie verströmt? Ich versuche es mit W. B. Yeats.

„Ich mag düster, aber das ist nicht das Richtige." Sein Blick sagt, Sie sind schon dicht dran.

„Hier." Ich überreiche ihm ein weiteres Buch. Edgar Allan Poe. The Raven and Other Poems.

„Sie können Gedanken lesen." Er lächelt mich an.

Er bezahlt die wertvolle Erstausgabe – Geld, das mir einen weiteren Monat Überleben sichert – und verabschiedet sich mit festem Händedruck.

„Ich bin übrigens Ezra Delacroix."

„Es war mir ein Vergnügen, Mr. Delacroix."

„Bitte. Nennen Sie mich Ezra."

„Michael."

So fing es an.

Ich stehe wie gelähmt, drehe mich noch immer nicht um. Es wäre zu grausam, wenn mich meine Nase trügen würde. Aber ich habe den Duft an ihm zu oft gerochen, um mich zu täuschen. Damals, als Ezra zum zweiten Mal in mein Antiquariat kam, um ein weiteres Buch zu kaufen. Am darauffolgenden Tag, als er erneut vor mir stand.

„Trinken Sie gerne Kaffee?"

Ezra lädt mich in ein kleines Café in Soho ein und schwärmt mir von dem Filterkaffee vor, der in dampfenden, dickwandigen Tassen vor uns steht. Er spricht von Reife, Ernte, Röstung, fruchtigen und verbrannten, holzigen und blumigen Aromen. Später erfahre ich, dass er Einkäufer für verschiedene Cafés in London ist. Unsere Leidenschaft für Düfte und Aromen verbindet uns.

Zum ersten Mal genieße ich die Gesellschaft eines anderen Menschen. Mehr als das. Ich lasse Ezra an mich heran. Näher als je einen anderen Menschen. So nah wie meine Bücher.

„Michael."

Meine Nase trügt mich also nicht. Zehn Jahre Zusammenleben mit einem geliebten Menschen, im gleichen Bett schlafen, ihm nahe sein, da vergisst man den Geruch nicht. Ebenso wenig hatte ich vergessen, wie Ezra und ich uns auseinanderlebten. Mir war die Welt der Bücher genug, er brauchte Leben, Freunde, Ausgehen. Nach der Aufgabe meines schlechtlaufenden Antiquariats zog ich mich noch mehr zurück. Bis Ezra ging.

Seitdem zog ich wieder die Nähe von Büchern vor. Sie erwarteten nichts. Sie enttäuschten mich nicht. Die Arbeit in der Bibliothek, wo ich kaum Menschen begegnete, war perfekt für mich.

Jetzt steht Ezra hinter mir, nach fast 20 Jahren. Wie ein altes Buch, so riecht auch er etwas anders als früher. Ich würde nicht so weit gehen zu sagen, ein Verwesungsprozess hat eingesetzt. *Aber was tun wir Menschen denn anderes, als einem Zustand der Verwesung entgegenzustreben?*

„Was machst du hier?" Ich drehe mich endlich um und erschrecke. Seine dunklen Augen sind dieselben, das leise Lächeln liegt noch immer auf seinem Gesicht, aber er ist furchtbar mager. Die dunklen Locken sind von Grau durchzogen. Er wirkt müde.

„Lebewohl sagen." Seine Stimme ist brüchig. Er tritt einen Schritt auf mich zu, legt mir die Hände auf die Schultern.

„Ich bin krank. Ich weiß nicht, wie lange es noch gehen wird."

Bevor ich ihm Fragen stellen kann, hat er mir seine Finger auf die Lippen gelegt.

„Nicht. Ich möchte die Zeit nicht mit Unwichtigem vergeuden."

Er lässt mir keine Zeit zum traurig sein, fragt nur: „Lesen wir ein bisschen zusammen?"

Ein altes Ritual. Wir haben einander damals oft im Bett vorgelesen.

Ich zeige ihm das Buch, das ich in den Händen halte. Er macht ein ungläubiges Gesicht.

„Du hast es noch?"

„Du hattest es so eilig wegzukommen damals, dass du es vergessen hast." Ich beiße mir auf die Zunge. Keine Zeit für Sticheleien. Wortlos nehme ich ihn bei der Hand, und wir gehen zum Ledersofa hinüber. Dieses Sofa ist der einzige Luxus, den ich mir erlaube. Sein Lederbezug ist so weich wie der Einband alter Bücher. Es verströmt schon lange keinen Geruch mehr, jedenfalls keinen, der die Bücher stören würde.

Wir setzen uns. Ich ganz langsam, damit ich meine schmerzenden Knie schone; er lässt sich fallen, als hätte ihm das lange Stehen Mühe bereitet. Wir fallen von selbst in die altvertraute Haltung, er an mich gelehnt, den Kopf an meiner Schulter.

„Liest du mir vor?" fragt er.

„Edgar Allan Poe. *The Raven and Other Poems*", beginne ich. Dann schlage ich das Buch zu, stecke meine Nase in seine Haare, während sich das Salz meiner Tränen mit dem Duft von Vanille vermischt.

Der Mann im Zug, das Ding und ich

Renate Härtl

Mir gegenüber sitzt ein Mann im mittleren Alter.

„Mittleres Alter", wie das schon klingt, unbestimmt, allgemein, langweilig.

Das „mittlere Alter" sitzt mir schräg gegenüber.

Auf dem Tisch zwischen uns steht ein quadratförmiges Behältnis.

Könnte eine Reisevorrichtung für ein kleines Tier sein, eine Katze vielleicht. Ab und zu tönt ein Fiepen aus dem Luftspalt, der kreuzförmig auf dem Deckel angebracht ist.

Mein Gegenüber schaut mich versonnen an, streicht sanft über die Oberfläche und steckt dabei den Mittelfinger in die knappe Öffnung.

Streichelt er das Ding? Das Fiepen hat aufgehört. Stattdessen ertönt ein sattes tiefes Brummen. Klingt nach einem großen Tier. Kann aber nicht sein, dazu ist der Behälter zu klein. Ich konzentriere mich mangels anderer Möglichkeiten auf die spannende Zeitschrift der Bundesbahn.

Ich bin genervt. Warum sitzt der Typ mir gegenüber und schaut mich verstohlen an? Seine Augen sind halb geschlossen. Helle gerade verlaufene Wimpern wie bei einem Tier. Vorgestülpte Lippen die sich zu einen „Oh" formen, das nicht ausgesprochen wird. Nachgiebiges Kinn, weiche weiße Haut, aschblonde Haare.

Er macht mich nervös und gleichzeitig will ich wissen, was er bei sich hat. Ich fühle mich unwohl, überlege, ob ich den Platz wechseln soll oder das Abteil. Als könne er meine Gedanken lesen, beugt sich der Mann nach vorn, nimmt meine linke Hand, die verloren auf dem Tischchen liegt, und legt sie auf das Behältnis.

Ich erstarre innerlich. Dann wird mir warm. Mein Körper entspannt sich. Ich kann die Hand nicht wegziehen. Wie festgesaugt. An was?

Der Mann nimmt meine Hand, führt sie zu seinem Mund und küsst sie. Schaut mich bedeutungsvoll an. Fast vorwurfsvoll. Der Dingsbums ist jetzt still. Ist es beleidigt oder schläft es? Und was mache ich hier? Was denke ich? Müll. Der Mann beugt sich in meine Richtung, so nah wie es der Tisch zulässt. Ich klebe auf meinem Sitz fest.

Sein Kopf kommt näher, immer näher. Ich habe das Gefühl, dass er riesig ist, dieser Kopf. Er nimmt den ganzen Raum ein. Meinen Raum.

Grüne Einsprengsel in eisblauen Augen. Hübsche Murmeln.

Nur will ich nicht spielen. Ich kann seine Zähne sehen, Mäusezähnchen.

Mausezahn, Mausezahn, rette mich vor meinem Wahn.

ER spricht: Willst Du mich heiraten?

Ich bin baff und bewege verneinend den Kopf.

„Macht nichts. Ich habe Zeit. Ich warte".

Das Fiepen geht wieder los.

Der Mann murmelt leise was Unverständliches in den Schlitz. Das Fiepen wird lauter und jetzt, nein, nicht das beruhigende Brummen ertönt, sondern schrille Schreie klingen nach Todesangst. Vielleicht ist es auch Wut?

Er wendet mir beruhigend sein Gesicht zu.

„Da ist nichts, alles ist gut. Er verträgt das lange Zugfahren nicht. Das stresst ihn.“

Der Mann kichert in den Schlitz vom Behälter und redet in einer mir unverständlichen Sprache mit dem Dingsbums das ihm im gleichen Singsang antwortet,

etwas mäkliger vielleicht im Tonfall. Tolle Kommunikation. Es kann sprechen.

Der Mann vertraulich zu mir: „Reden Sie mit ihm. Er mag das. Er ist sehr kommunikativ. Normalerweise schläft er tagsüber, aber die Zeitumstellung. Jetlag.“

Kann ich nachvollziehen. Kenne ich auch. Es ist also ein Er. Aus einer fremden Welt. Vielleicht. Und er oder es leidet unter Jetlag.

Ich, betont freundlich: „Wie heißt er denn?“

„Er hat keinen Namen.“

Ich werde ungeduldig. „Und was ist es denn jetzt. Ich meine, welches Tier"?

Der Mann lächelt überlegen „Es ist kein Tier".

„Aha" Mehr fällt mir nicht ein. Verrückt. Komplett verrückt. Alles. Die Situation, der Zug, der Mann, sein Dingsbums und ich. Wahrscheinlich bin ich gar nicht hier. Ich träume …

Mein Mund wird trocken. Kein Service in Sicht. Mein Gegenüber holt eine große Wasserflasche aus seinem Rucksack, trinkt und reicht sie mir auffordernd.

Ich fasse es nicht, aber ich nehme die Flasche, setze brav an und trinke sie in einem Zug halbleer. Das Wasser hat einen süßlichen Geschmack, aber nicht unangenehm. Im Gegenteil. Ich bin wohlig entspannt, fedrig weich auf Kuschelkurs.

Immerhin habe ich einen Kurs. Der sich wohin bewegt? Nicht wichtig.

Meine Unsicherheit steigt einen kurzen Moment panisch auf, wird aber sanft zugedeckt vom wonnigen Traumgefühl. Alles ist gut. Wird gut. Und wird es immer sein. Bis zum Ende. Gibt es ein Ende? Ich lächele

den Mann und das „Was-immer-es-auch-sein–mag"
an, das mich nicht sieht. Noch nicht. Oder doch?

Ich klopfe sanft auf den Koffer. Behältnis ist einfach
ein doofes Wort. Klingt nach Verhältnis. „Hallo ...
Du", sage ich. „Wie geht es Dir"?

Ein Knurren ist die Antwort, womit ich nicht gerechnet habe. Empört schaue ich mein Gegenüber an.

„Psst", sagt er. „Warten Sie. Singen Sie doch für ihn.
Das liebt er.

In meinem ganzen Leben hat noch nie jemand für
mich gesungen, und jetzt soll ich für dieses kleine
knurrende Mistvieh ohne Namen singen? Ich
schmolle.

„Na, Na, Na", beruhigt mich der Mann. Das wird
schon. Singen Sie. Singen befreit. Sie werden sehen".
Er kommt mir wieder näher. „Und fühlen, ja fühlen."

Und, kaum zu glauben: Ich singe. Besser gesagt, ich
krächze. Nix mit glockenheller Stimme.

Maikäfer, flieg.
Der Vater ist im Krieg.
Die Mutter ist in Pommerland,

Pommerland ist abgebrannt.
Maikäfer, flieg.

„Geht doch, sagt er.

Erwartungsvoll sehe ich den Mann an, warte auf die Belohnung und deute auf sein Behältnis, das zu rumpeln anfängt. Plötzlich fängt der Mann an zu kichern und zuckt hin und her. „Und jetzt", frage ich ihn auffordernd. Ich will es sehen. Ich muss es sehen!

Das Dingsbums ist ruhig. Nichts bewegt sich. Nur das eintönige Atmen des Zuges. Gedämpfter Geräuschteppich. Wenn es denn ein Zug ist, aber was sollte es sonst sein?

Der Mann ganz ernst:

„Das Lied, ein schönes Lied, aber traurig, sehr traurig. Es scheint ihm nicht zu gefallen. Versuchen Sie es doch mit etwas Heiterem".

Ich bin gereizt und reagiere kindisch „Singen Sie doch was."

Er wackelt verneinend mit dem Kopf. „Meine Lieder kennt er schon. Er liebt die Abwechslung". Die liebe ich auch, eigentlich.

Und dann, ja wirklich, ich schwöre, singt mein Dingsbums das Ave-Maria.

Ave Maria, heut sind so viele ganz allein.
Es gibt auf der Welt so viele Tränen
Und Nächte voller Einsamkeit.
Und jeder wünscht sich einen Traum der Zärtlichkeit.
Und manchmal reichen ein paar Worte
Um nicht mehr so alleine zu sein.
Aus fremden Menschen werden Freunde
Und große Sorgen werden klein.

Es kann singen.

Der Mann platzt vor Stolz, baut sich vor mir auf. „Das
habe ich ihm beigebracht. Sie glauben gar nicht, wie
lange wir zusammen geübt haben."

Ich glaube es gern und nicke bestätigend.

In gestelztem Ton fährt er fort „Es ist ein Wunder,
das mir passiert ist. Ein heiliges Wunder. Mir!"

Das MIR dehnt er so lange, bis es in ein Zittern über-
geht, das in einen Hustenanfall endet. Kein schöner
Anblick.

Parallel dazu fängt das Dingsbums wieder an zu rumpeln. Wahrscheinlich fühlt es sich vernachlässigt.
Ruhe im Karton!

Gemeinschaftliches Schweigen. Das Rumpeln geht
weiter. Synchron zum Rhythmus des Zuges.

„Vielleicht will es raus. An die frische Luft", frage ich
den Mann.

„Nein, Nein", der Mann schüttelt besorgt seinen
Kopf. „Das ist nicht der richtige Zeitpunkt."

Gibt es den richtigen Zeitpunkt? Ich will mein Dingsbums sehen. Haben. Endlich.

Wenn doch nur der Zugbegleiter käme. Ob das
„Ding" einen Fahrschein hat oder braucht? Blödsinn.

Der Mann wird nervös. Fährt er womöglich schwarz?

Irgendetwas stimmt nicht mit ihm. Kränkelt er? Ich
bin beunruhigt. Das Behältnis fängt an zu wackeln.
Der Mann drückt es krampfartig fest auf den Tisch
und schaut mich dabei flehend und fordernd an.

„Kümmern Sie sich um ihn, wenn ich nicht mehr bin?
Versprechen Sie es?"

Ich nicke unverbindlich.

Betont heiter sage ich zu ihm: „Aber, aber, das wird... alles wird gut"

„Nichts wird gut", schnieft er zurück. Ich klebe an meinem Sitz. Und da ist es wieder, dieses Verlangen, es zu berühren, zu schmecken.

Ein Anfall von Kannibalismus, der mich irritiert.

Mein Gegenüber atmet schwer und schwerer. Ich würde ihm gern helfen, aber ich bin machtlos. Er läuft rot an, dann violett, seine Murmeln treten aus den Höhlen.

Sein Kopf schwillt an, wird groß wie ein riesiger Luftballon und saust durch den Raum. Dann folgt ein Pfeifen, Zischen, das in einem erleichterten Ausatmen endet. Verstummt. Entleert. Das war's wohl mit ihm. Fast tut er mir leid.

Ich bin dran. Mein Zug.

Mit ungeahnter Kraft reiße ich gierig seine verkrampften Hände von dem Behältnis, öffne es, staune und erstarre vor Demut. Dieses wundervolle, warme Gefühl ist wieder da, umhüllt mich, füllt mich

aus und ab. Unglaublich. Einzigartig! Ich kann es sehen. Es existiert. Es ist perfekt. Ich bin perfekt. Jetzt
und immer. Mit sanfter und zärtlicher Stimme spreche ich zu ihm. „Du bist so schön. Mit Dir will ich zu-
grunde gehen".

Eine neue Chance

Melanie Sonderhaus

Hoffnungslosigkeit. Sie hatte mich in den letzten Wochen beherrscht. Jetzt nicht einmal mehr das.

Die ganze Zeit hatte ich an Albert gedacht, und an Willi und all die anderen. Die Erinnerung an sie verbrannte mich von innen.

Albert, der gestorben war, weil er sich für mich geopfert hatte. Und weil ich ihn nicht beschützt hatte. Warum war ich noch am Leben? Ich hatte es vergessen.

Wann würde dieser Albtraum ein Ende haben? Die Stimme in meinem Inneren, leise, aber stetig, meldete sich mit den ewig selben Worten:

„Bald ist es vorbei. Das ist das Ende."

Ich schauderte und sah mich um. Es war totenstill, ich hörte nur meine leisen Schritte und gelegentlich das Flüstern des Grases im leichten Wind oder das

Knacken eines trockenen Zweiges. Kein Vogel war zu hören, nicht einmal eine Grille.

Eigentlich war es ein wunderschöner Abend, die Sonne leuchtete golden am Horizont und tauchte den zu Ende gehenden Tag in sanftes Orange. Wäre nicht diese Stille, die sich wie ein schwarzes Tuch über mich legte, könnte man fast an einen fröhlichen Ausflug denken. So aber spürte ich die Bedrohung auf meiner Haut, atmete sie ein und ließ die Hoffnungslosigkeit mein Herz vergiften.

Eine Weile ging ich schweigend weiter, immer weiter ins Ungewisse.

Einmal holte ich das kleine, zusammengefaltete Stück Pappe aus der Hosentasche und klappte es vorsichtig auseinander. Das Foto war schon ganz verblichen und verkratzt, aber man konnte noch das Lächeln der jungen Frau erkennen, die einen blonden kleinen Jungen im Arm hielt. Er sah ein wenig missmutig in die Kamera, wahrscheinlich war er gerade aus seinem Spiel gerissen worden, um das Bild aufzunehmen. Was würde ich darum geben, die beiden noch einmal wiederzusehen. Aber diese Hoffnung hatte ich aufgegeben, tief begraben in meinem Inneren.

Dies hier war das Ende der Welt, auch wenn das leise Rauschen des Windes, der die Stille immer wieder störte, und der prächtige Sonnenuntergang etwas anderes flüsterten.

Kein Anzeichen der näherkommenden Kanonen, Bomben, Granaten. Soweit das Auge reichte keine Zerstörung, keine Todesschreie, keine Ströme von Blut.

An diesem endlos scheinenden Tag meiner Wanderung ins Nirgendwo stand ich nicht mehr auf, blieb liegen am Rand des Weges.

Wasser hatte ich keines mehr, wann ich das letzte Mal gegessen hatte, wusste ich nicht.

Eine leise Stimme in meinem Kopf erinnerte mich an die Ironie, hier sterbend zu liegen, während um mich herum das Leben explodierte – auf der Blumenwiese nicht weit von mir blühten die Apfelbäume in der strahlenden Sonne, die Bienen summten, und Vögel stimmten einen prächtigen Gesang an.

Doch genauso schnell verflüchtigte sich der Gedanke wieder; ich sank zurück in das ewige Vergessen.

Ich merkte nicht, dass ich entdeckt wurde. Den Tritt in die Seite spürte ich kaum, es war mir auch egal, dass sie an mir herumzerrten und mich durchsuchten. Sollten sie mich doch erschießen, genau wie Albert.

Erst als mir der Rucksack unter dem Kopf weggezogen wurde, drang etwas in mein Bewusstsein und reflexartig versuchte ich, das letzte, was ich hatte, das letzte, was mich mit dieser Welt verband, festzuhalten. Doch da war der Rucksack auch schon weg und ich fiel erneut in meine Starre.

Ein paar Minuten - oder Stunden? – später war ich vermutlich noch am Leben. Ich spürte etwas Kaltes meine Kehle hinunterrinnen und auf einmal waren da Hände, die mich stützten, mir aufhalfen, mir ein Stück Brot reichten.

Langsam nahm ich meine Umgebung wieder wahr. Ich erkannte an ihrer Uniform sechs französische Soldaten, sie sahen genauso zerrissen und verdreckt aus wie ich auch.

Aber sie waren – im Gegensatz zu mir – schwer bewaffnet und ich fragte mich, warum ich noch nicht tot war oder zumindest gefesselt und ihr Gefangener.

Langsam und vorsichtig sah ich mich um. Ich saß einigermaßen bequem an einen großen Stein gelehnt. Eine Wolldecke lag über meinen Beinen. Nicht weit von hier konnte ich eine schmale Straße erkennen. War ich von dort gekommen? Ich wusste es nicht mehr.

Neben dem kleinen Lager prasselte ein Lagerfeuer und verbreitete eine trügerische Wärme.

Vor mir lagen einige Essensreste – ein halber Apfel, ein Stückchen Käse, eine Blechtasse mit dunkler Flüssigkeit – Kaffee? – und ein kleiner Wurstzipfel. Ich sah irritiert auf, was sollte das? Ich blickte in sechs Paar erwartungsvolle Augenpaare, einige der Männer saßen im Kreis vor mir, zwei knieten neben mir. Einer von ihnen hob den halben Apfel auf und hielt ihn mir hin.

Ich verstand. Langsam nahm ich den Apfel, legte ihn auf die Knie und griff nach meiner Munitionstasche am Gürtel. Nur einer der Männer wurde unruhig und ließ seine Hand Richtung seines Gewehrs wandern. Die anderen sahen mir einfach zu. Mit zitternden

Händen öffnete ich den Lederriemen, griff in die Tasche und holte ein kleines Päckchen Schokolade heraus – das letzte, das ich hatte. Vorsichtig legte ich es vor mich auf den Boden, genau zwischen den Käse und den Becher. Dann schob ich es ein wenig zu dem am nächsten sitzenden Soldaten. Der schaute es erstaunt an und nach einem langen Augenblick streckte er die Hand aus und hob das Päckchen auf. Dann nickte er mir zu. Ich schluckte trocken und nickte zurück. Noch vor wenigen Stunden war ich am Ende meines Weges angekommen, jetzt jedoch war ich mir nicht mehr sicher. Ich saß zwischen feindlichen Soldaten und aß den halben Apfel, während die anderen sich kleine Stückchen meiner Schokolade abbrachen und herumreichten. Sie unterhielten sich gedämpft und sahen mich immer wieder erwartungsvoll an. Was wollten sie von mir? Warteten sie, bis ich fertig war mit meiner letzten Mahlzeit, um mich dann doch noch zu töten?

Einer der Männer – ich erkannte ihn an seiner Uniformjacke als Kommandant - stand schließlich auf und mir war klar, dass es jetzt gleich vorbei war. Ich fing unwillkürlich an zu zittern.

Der Soldat bückte sich zu mir herunter, etwas Großes hinter sich herziehend. Nachdem der Angstschleier, der sich auf mein Gesicht und meine Augen gelegt hatte, ein wenig gewichen war und ich wieder klarer sehen konnte, erkannte ich, was der reglos wartende Kommandant in der Hand hielt. Mein geöffneter Rucksack, aus seinem dunklen Inneren schimmerte es golden. Als ich langsam und vorsichtig danach griff, versuchte ich zu verstehen, was die Soldaten um mich herum von mir wollten, als sie aufstanden und näherkamen. Wollten sie mich zwingen, es wieder in die Hand zu nehmen, zu spielen? Ich zögerte. Dann traf ich eine Entscheidung.

Sie überragten mich alle um mindestens eine Armlänge und trotzdem schien es, als ob sie schrumpften, als ich das Horn aus dem Rucksack zog, es an die Lippen setzte und anfing zu spielen. Seit dem Abend der letzten Schlacht, dem verzweifelten Versuch meines Musikcorps, die Schreie der sterbenden Soldaten zu übertönen und – es drängte mit Gewalt an die Oberfläche meines Bewusstseins – Alberts Tod, der sich zwischen mich und die Granate geworfen hatte, hatte ich das Horn nicht mehr angefasst. Es war zum Symbol meines Schmerzes geworden. Gleichzeitig merkte ich aber, wie mich beim Spielen eine tiefe Ruhe überkam, und für ein paar Augenblicke fühlte ich wieder das Glück, das ich immer hatte, wenn ich meinen Tönen lauschte.

Unwillkürlich hatte ich die Augen geschlossen. Langsam vergaß ich die Welt um mich herum, konzentrierte mich nur noch auf mich und mein Instrument, dachte an nichts anderes mehr. Ich hörte in meinen Tönen die tiefe Freude, auf der Welt zu sein, gleichzeitig wallte ein tiefer Schmerz auf und übermannte mich fast.

Als der letzte Ton verklungen war und ich die Augen wieder öffnete, hatte sich etwas verändert. Im Halbkreis um mich herum hatten sich die Männer hingesetzt. Ihre Gewehre waren zur Seite gelegt, ihre Uniformjacken hatten sie in der wärmenden Sonne ausgezogen.

Langsam standen alle auf und fingen an, zusammenzupacken.

Gemeinsam löschten wir das Feuer. Sie teilten ihre kargen Vorräte mit mir, ich überließ ihnen den Rest der Schokolade.

Um es hinauszuzögern, verteilten wir Erde auf der noch warmen Asche und den halb verbrannten Zweigen und versuchten, die vom Sitzen geknickten Grashalme aufzurichten.

Schließlich, ohne dass wir auch nur ein einziges Wort miteinander gewechselt hätten, als Abschied nur ein flüchtiger Händedruck und ein Nicken, ging jeder in Richtung seiner Heimat davon.

Akku leer

Petra Burger

Das Handy vibrierte.

Plop. Nachricht von Moritz: *War cool gestern mit dir. Kann heut' Abend nicht. Komm doch jetzt vorbei.*

Die Türen des Aufzugs schlossen sich hinter Diana. Mist, kein Empfang. Er wusste doch, dass sie ins Krankenhaus unterwegs war.

Ihre Finger flogen übers Display. *Ich versuche, um 5 da zu sein.*

Lautlos öffnete sich die Tür – vier Balken, endlich wieder Empfang.

Diana tippte weiter: *Wenn ich es schaffe, auch schon eher als 5.*

Sie schaute nach links und rechts. Zimmer 804, hatte die Frau am Empfang gesagt. Der Flur war leer. Warum antwortete Moritz nicht? Sie blickte aufs Handy. Nichts.

Ein Arzt kam aus einer Tür. „Können Sie mir sagen, wo Zimmer 804 ist?“

„Den Gang runter, auf der rechten Seite.“

Plop. Nachricht von Vera: *Wer kommt ins Kafka?*

Diana: *Nee sorry. Kann gerade nicht. Muss zu meiner Oma.*

Sie ging den Gang entlang, öffnete leise die Tür. Ihre Oma lag wie ein welkes Blatt im Bett, Kabel verzweigten sich von den Geräten zu ihrer Brust und ihren Armen. Diana hörte einen regelmäßigen Piepton.

Sie hängte ihre Jacke über die Lehne des Holzstuhles und zog ihn näher zum Bett heran, während ihre Augen das grüne Signal auf dem Monitor fixierten, das einen seltsamen Kontrast zu den altrosa Vorhängen und dem Kruzifix neben dem Fenster bildete. Es stank nach Desinfektionsmittel – es widerte sie an.

„Ach du bist das.“

„Ja, die Eltern sind doch in der Dominikanischen.“

Oma spitzte den Mund. Genauso hatte sie es früher immer getan, wenn Diana etwas falsch gemacht hatte. Früher, dachte Diana, war Oma ein Bündel an Kraft gewesen und ihre Augen blau, doch jetzt waren ihre Augen stahlgrau wie ihr Haar, ihr Teint und überhaupt alles an ihr. Omas faltige Hand zeigte auf den Becher.

„Ich habe Durst, ich soll viel trinken."

Plop. Nachricht von Andrea: *H&M hat Sonnenbrillen runtergesetzt. Wie findest du die?*

Andrea lachte sie mit einer Liz-Taylor-Brille an.

Nochmal Andrea: *Echt schräg. - Was gibt's sonst noch so?*

Diana zögerte kurz, legte dann aber doch ihr Handy beiseite. Dass Moritz sich immer noch nicht gemeldet hatte! Unbeholfen hielt sie Oma den Becher an den Mund. Seit langem war dies das erste Mal, dass sie etwas für Oma tat. Oma nippte nur und legte gleich wieder den Kopf zurück.

„Willst du noch mehr?"

Oma schüttelte matt den Kopf, sie sabberte ein bisschen. Es klebte ein kleiner Fleck davon am Kinn. Eklig, er stieß Diana ab. Sollte sie Oma ein Tempo geben? Oder sollte sie ihn etwa wegmachen, so wie Oma ihr damals jedes noch so kleine Fleckchen mit energischer Handbewegung weggewischt hatte? So fest, dass es schmerzte. Sie spürte es förmlich auf der Haut. Es ärgerte sie, dass sie hergekommen war. Doch Mama hatte echt Druck gemacht, mit Familie und helfen und so. Hatte Oma ihr jemals geholfen, als es darauf ankam?

Plop.

Sofort ließ Diana die Tempos am Nachttisch liegen und griff stattdessen ihr iPhone. Drei neue Nachrichten. Bloß dreimal Andrea mit neuen Brillenversionen. Und Moritz?

Sie schrieb ihm eine WhatsApp: *Hey Moritz, bist du sauer oder warum meldest du dich nicht?*

Sie setzte sich auf den Stuhl neben Oma und versuchte, sich zu auf die Situation hier zu konzentrieren.

„Was sagen die Ärzte?"

„Sie wollen mich operieren. Wann kommen Mama und Papa zurück?"

„Ende nächster Woche. Es geht nicht eher, weil sie einen Pauschalflug gebucht haben. Stören dich die ganzen Kabel nicht?"

„Es muss wohl sein."

Mit mechanischem Summen blies sich der Blutdruckmesser zum wiederholten Male auf. Wie ein Minikompressor an der Tankstelle, dachte Diana, nur dass es hier nicht nach Gummi, sondern nach Krankenhaus roch.

Plop.

„Und dich", sagte Oma, „stört dich das nicht auch?"

Irritiert blickte Diana ihre Oma an.

„Was soll mich stören?"

„Dieses Ding da, das Handy."

„Dadurch kriege ich alles Wichtige mit."

„Aha, wenn du meinst. Naja, es kann ja schon nützlich sein. Ich bin zu alt dafür."

Oma drehte den Kopf zur Seite, die Lider fielen ihr zu.

Plop, plop. Nachricht von Moritz: *Wir sind jetzt im Kafka. Kannst ja nachkommen.*

Typisch Moritz. Sie schnaufte, weil er schon mal allein vorgegangen war und sich mit den anderen im Kafka amüsierte. Bestimmt wusste Meike das auch. Diana vermutete schon seit Längerem, dass sie scharf war auf Moritz. Sie musste unbedingt los. Flucht nach vorne.

„Brauchst du was, Oma? Ich könnte dir was Süßes holen oder deine Frau im Spiegel. Ich kann auch bei dir zuhause vorbeischauen und dir Wäsche bringen, oder was du sonst noch so brauchst?"

Oma öffnete die Augen.

„Nee, lass mal Mädchen. Es passt schon so."

„Wirklich?"

Plop. Nachricht von Andrea: *Und wie sieht diese Brille aus? Wär die nicht was für dich? Nur 5,99. Andrea hatte eine verspiegelte Fliegerbrille auf.*

Diana: Nee, hab grad kein Geld. Gehst du jetzt auch ins Kafka?

Plop. Nachricht von Andrea: *Yup.*

Oma schien zu wieder zu schlafen, ihre Augen waren nun ganz geschlossen, die Lider flackerten leicht, ihr Atem ging unrhythmisch. Und immer dieses piep, piep im Hintergrund. Das machte sie ganz nervös. Jetzt konnte sie sich doch locker aus dem Staub machen. Oma schlief sowieso die ganze Zeit. Was sollte der ganze Quatsch hier? Sie hatte kaum das Gefühl, willkommen zu sein.

Diana tippte an ihre Freundin: Kannst du dich schon mal ein bisschen um Moritz kümmern, ich komm auch gleich.

Sie zuckte zusammen, als die Ärztin eintrat. Oma schlug die Augen auf.

„Ah, Sie haben Besuch Frau Weber.“

„Meine Enkelin.“

„Ich müsste Ihre Großmutter jetzt untersuchen.“

Darauf hatte Diana nur gewartet. Endlich konnte sie gehen. Quasi von höchster Stelle rausgeschickt.

„Sie können ja draußen warten, ich komme dann zu Ihnen."

Diana drehte sich um und rollte mit den Augen. Zu früh gefreut.

„Kein Problem, ich geh dann mal kurz raus und warte auf dem Gang."

Sie trat vor die Tür und öffnete das Flurfenster. Die Vögel im Garten zwitscherten. Die hatten es gut. Sie war hier drinnen wie in einem Käfig. Sie stöpselte die Ohrhörer ein; Deichkind, das tat gut. Schwerelos, wir fühlen uns schwerelos …, sie summte mit und die Nachmittagsluft roch würzig.

Plop. *Ein Werbebanner von Urban Outfitters.*

Die Uhr auf dem Display zeigte 16.48 Uhr an. So spät schon? Diana erschrak. Sie scrollte weiter. Vera postete wieder endlos Fotos. Wen interessierte schon ihr griechischer Salat. Und noch mehr Schrott: Morgen Mathe-Lerngruppe bei Sebastian. Diana zog die

Stirn kraus, nichts Neues von Moritz. Ob sie ihn anrufen sollte? Stattdessen schrieb sie:

Und wie läuft's im Kafka? Ich kann hier bald weg. Muss nur grad noch die Ärztin abwarten.

Plop. Nachricht von Moritz: *Okay*.

War das alles? Konnte er nicht etwas mehr schreiben? Sagen, dass er sie verstand oder gar vermisste? Sie schluckte, der Speichel klebte ihr am Gaumen.

Erst jetzt fiel Diana das hektische Treiben hinter ihr auf. Das rote Licht über Omas Zimmertür blinkte. Eine Schwester kam, eine nächste hetzte mit einem Gerät auf Rollen heran. War das ein Defi? Sie zog die Ohrstöpsel raus. Die Sohlen eines weiteren Arztes quietschten, als er in das Zimmer einbog und die Tür schloss.

Oma!

Diana hörte knappe befehlende Worte, Schritte, irgendetwas schepperte.

Dann war es still.

Plop.

Sie blickte zwischen ihrem Handy und Omas Tür hin und her. Sie wollte raus hier, endlich raus aus diesem Krankenhaus, weg vom Hier und Jetzt. Helfen? War es dazu nicht zu spät? Warum also nicht gehen? Weg von diesem kahlen Gang, dieser ganzen Situation hier – einfach schwerelos wie ein Vogel sein und bei Moritz.

Plop. Nachricht von Moritz: *Also, wenn du nicht kommst, ich bin ab 5 mit den Jungs unterwegs.*

Kein Stress. Bin ja schon fast da, antwortete Diana ihm bereits im Gehen und drückte den Aufzugknopf. Ihr Akku zeigte gerade mal noch 10 Prozent an. Es hätte sowieso keine Steckdose im Flur gegeben.

Zimmer 69

Ruth Edelmann-Amrhein

An Zufälle habe ich noch nie geglaubt, warum also sollte ich ausgerechnet jetzt damit beginnen?

Ich stand vor dem Kleiderschrank und hielt das tiefrote, hauchdünne Nichts in Händen, das ich mir vor Jahren gekauft hatte. Noch immer lag es jungfräulich zwischen Seidenpapier in seiner vornehmen Schachtel. Damit sollte jetzt Schluss sein. Was hatte ich denn zu verlieren? Überhaupt nichts. Dachte ich. Dass Martin mich seit Jahren behandelt, wie ein altes Möbelstück ist nichts Neues, allerdings ist es ein Zustand, an den ich mich in all der Zeit nicht gewöhnen konnte. Meine Freundinnen sagen: „Was willst du denn? Es geht dir doch gut!", und in materieller Hinsicht haben sie sicher recht. Nur ist das Materielle eben nicht alles und ich bin eine Frau in den besten Jahren.

Unser Haus ist groß, der Garten gepflegt, der Pool tief genug, um jemanden darin ertränken zu können.

Oft habe ich mir das in den letzten Jahren vorgestellt, in den Nächten, in denen ich gerne etwas anderes gefühlt oder getan hätte. In den Nächten, in denen ich allein war. Genussvoll habe ich dann im Geiste Martins Kopf unter das Wasser gedrückt und mir vorgestellt, wie die Wasserblasen nach oben geblubbert kommen. Natürlich blieb es bei der Vorstellung. Auch vergiftet habe ich Martin bereits des Öfteren und war dabei recht kreativ. Von der Zubereitung eines japanischen Kugelfischs bis hin zur zufälligen Überdosierung seiner seit einigen Jahren unumgänglichen Insulinspritze war alles dabei. Träumen darf man ja schließlich. Wenigstens das.

Ich habe mich in meinem Leben eingerichtet, so nennt man das wohl. Heute Nacht jedoch habe ich einen Entschluss gefasst. Wieder einmal war Martin im Morgengrauen ins Schlafzimmer geschlichen. Ich stellte mich schlafend, wie immer. In all den Jahren, in denen er mich zweifellos schamlos betrogen hatte, hatte er wenigstens so viel Anstand besessen, sich die Pheromone seiner Gespielinnen vom Leib zu duschen, bevor er sich neben mich ins eheliche Bett legte. Nicht so heute Nacht! Wie ein giftiger Dunst breitete er sich aus, der Geruch der Anderen, der

Fremden. Fast war mir, als sei sie es selbst, die leibhaftig neben mir liegt.

Schlaflos wälzte ich mich herum und sehnte den Moment herbei, in dem Martin, nach einer Tasse Tee im Stehen, ein dünnes „Tschüss" auf den Lippen, seinen Aktenkoffer nehmen, den Autoschlüssel greifen und zur Tür hinauseilen würde. Als es soweit gewesen war, huschte ich ins Wohnzimmer und griff zielgenau zu den Bekenntnissen des Hochstaplers Felix Krull. Nicht, dass ich Thomas Manns Buch erneut lesen wollte, ich kannte es bereits so gut wie auswendig. Doch zwischen den Seiten 85 und 86 hatte ich erst am Tag zuvor einen Zeitungsausschnitt versteckt. Ich zog ihn heraus und legte das Buch auf den Couchtisch.

Wie am Tag zuvor war ich auch heute fasziniert von dem, was ich las und sah. Noch einen Moment zögerte ich, doch dann tat ich es. Warum sollte ich auch nicht? Ich griff zum Telefon und rief die Nummer an. Die Stimme klang freundlich und sehr jung. Wir verabredeten uns für den Abend in einem eleganten Hotel am Stadtrand. Martin hatte ein Geschäftsessen und ich war mir sicher, dass er nicht vor Mitternacht zuhause sein würde.

Die Zeit würde reichen. Mit zittrigen Händen holte ich das süße, rote Nichts hervor und ließ es über meinen nackten Körper gleiten. Wie gut, dass Martin mich nicht sehen konnte, mehr als ein paar süffisante Worte hätte er nicht für mich übriggehabt, das wusste ich genau, ich kannte ihn gut. Ich schwankte, als ich in meine schwarzen Lackpumps stieg. Tatsächlich war ich solches Schuhwerk nicht mehr gewöhnt. Nur gut, dass ich mich schon bald in eine andere Lage begeben würde, eine Lage, in der Schuhe gänzlich überflüssig sein würden. Der Gedanke daran ließ mich erschauern. Wie ein Kind, das heimlich nascht, genoss ich den Nervenkitzel.

Die Fahrt mit dem Taxi durch die Stadt zog sich dahin. Eine Baustelle und ein liegengebliebener LKW taten ihr Übriges. Ich saß auf dem Rücksitz, meine schweißnassen Hände verkrampft gefaltet. Mein Mut hatte mich verlassen. Was um alles in der Welt tat ich da? Sollte ich mich nicht eigentlich schämen?

Ich schloss die Augen und ließ die vergangenen Jahre an mir vorüberziehen. All die Demütigungen, denen ich ausgesetzt gewesen war. Die Ignoranz, die Lieblosigkeit, das Desinteresse. Die Liste war lang, viel zu lang. Warum soll eine Frau denn kein Verhältnis haben? Wer hatte das Lied gesungen? Es fiel mir nicht mehr ein.

Der Taxifahrer bremste abrupt, ich riss die Augen auf.

„Entschuldigung", murmelte er und blickte mich im Rückspiegel fragend an. Ob er wohl bemerkte, dass seine Fracht aus einer frustrierten Mitvierzigerin auf Abwegen bestand?

„Wir sind da", hörte ich ihn schließlich wie durch Watte sagen und ich ertappte mich dabei, wie ich nuschelte: „Bitte kehren sie um."

„Wie bitte?", brüllte er nach hinten zu mir geneigt, denn es war gerade ein Notarztwagen vorübergefahren. Den würde ich vermutlich in einer Stunde auch benötigen, fürchtete ich.

„Nichts. Ich habe nichts gesagt", stotterte ich und drückte ihm vierzig Euro in die Hand.

„Sie bekommen noch was zurück", meinte er, doch ich japste nur: „Stimmt so."

Ich nahm meine Tasche und stieg vorsichtig aus dem Auto.

Das Grinsen der Rezeptionistin gefiel mir gar nicht, wie gut, dass ich noch immer meine Sonnenbrille trug, von der braunen Echthaarperücke ganz zu schweigen.

„Zimmer 69“, sagte sie und schob mir den Schlüssel über den Tresen. Ich versuchte mich aufzurichten, versuchte Haltung zu bewahren, bei meinem Gang in Richtung Aufzug, doch ich fühlte ihre Blicke wie Nadelstiche in meinem Rücken.

Wie erleichtert war ich, als ich die Tür von Zimmer 69 endlich hinter mir ins Schloss fallen hörte. Das Zimmer war geschmackvoll eingerichtet, etwas plüschig vielleicht, doch für diesen Anlass passend. In einem silbernen Sektkübel war eine Flasche Schaumwein kaltgestellt. Wie dringend ich jetzt einen Schluck gebrauchen könnte, doch ein Blick zur Uhr sagte mir, dass ich keine Zeit haben würde, die Flasche zu öffnen. Ich hatte das noch nie gekonnt. Martin hatte sich stets über mich lustig gemacht, auch aus diesem Grund.

Martin, der konnte mich jetzt mal, und morgen würden wir dann weitersehen.

Wieder sah ich auf die Uhr. Dieser verdammte Stau, ich hatte nicht mehr viel Zeit, nein, ich hatte gar keine Zeit mehr. Ich kickte mir die Schuhe von den Füßen, warf meine Hose und meinen Pulli achtlos in die Ecke hinter den plüschigen Sessel und schlüpfte unter die Decke. Die Brille würde ich aufbehalten, soviel Inkognito musste sein. Zunächst. Man würde sehen, sagte ich mir.

Endlich war es 21 Uhr, ich begann zu frösteln. Die Minuten vergingen. Wahrscheinlich hatte er im selben Stau gestanden, der junge, blonde, muskulöse Mann mit der interessanten Stimme. Der, den ich mir im Katalog der Dream Boys ausgesucht hatte. Er würde alle Wünsche wahr machen, alle Träume erfüllen, versprach er. Ich hatte nicht den Sparpreis genommen, nein, ich hatte das volle Paket gebucht, ohne genau zu wissen, was es beinhaltete.

Langsam wurde ich unruhig.

Sollte er es sich doch anders überlegt haben? Hatte er eine Ahnung davon bekommen, wie alt ich war?

Doch einem echten Profi sollte das nichts ausmachen, tröstete ich mich.

Da klopfte es. Ich erschrak zutiefst. Wie blöd! Ich kroch tiefer unter die Decke und zog sie mir bis unter die Nasenspitze. Ich hörte jemanden zaghaft „Herein", sagen. Dieser Jemand war ich.

Die Tür öffnete sich und der Dream Boy trat ein. Ich erkannte ihn sofort. Das Herz blieb mir fast stehen. Betreten sah er auf den Boden, und stammelte eine Entschuldigung. Er tue das nicht allzu oft, meinte er, es sei sozusagen seine heimliche Leidenschaft, und er wisse, dass ich einen Jüngeren gebucht hätte. Dieser habe ihn jedoch krankheitsbedingt kurzfristig darum gebeten, für ihn einzuspringen. Natürlich könnte ich von meinem Rücktrittsrecht Gebrauch machen.

„Ja", sagte ich und musterte ihn kühl. Dann nahm ich langsam Perücke und Brille ab. „Ich nehme tatsächlich nicht Jeden um jeden Preis und um diesen Preis schon gar nicht."

Martin erstarrte.

Ich stieg aus dem Bett in meinem tiefroten Hauch
aus Nichts, zog mich an, ging hinunter zur Rezeption
und bestellte mir ein Taxi.

Glockengasse 13 oder Die Zeit mit Garib

Armena Kühne-Enzinger

Hanna betrat das Haus in der Glockengasse dreizehn. Der Staub auf den Möbeln und die Spinnweben an den Wänden erzählten von Einsamkeit. Sie blieb einen Augenblick in der Türöffnung stehen, atmete die nach Moder riechende Luft ein.

Dann ging sie schnell durch die Zimmer und öffnete die Fenster. Der frische Wind, der nun durch das Haus zog, vertrieb die abgestandene Luft. Hanna trat hinaus auf die Veranda. Der Garten war verwildert und die Mauern am Grundstücksende von Büschen überwuchert. Ich sollte einen Gärtner engagieren, dachte sie und ging zurück ins Haus.

Im Wohnzimmer stand der alte Plattenspieler auf der Anrichte. Sogar die Schallplatte von Tim Hardin lag noch unter dem Plastikdeckel. Hanna hob den Deckel an und säuberte die Schallplatte. Dann schaltete sie das Gerät ein und brachte vorsichtig die Nadel in Position. Er funktionierte noch. The Homecoming Concert. All diese Lieder hatte sie nach Garibs

Abreise mitgesungen, all diese Texte, die klangen wie tausend Nächte, in denen man vor lauter Verzweiflung die Tapete anfressen könnte.

Ein kratzendes Geräusch, und die Platte blieb hängen. Vorsichtig schob sie die Nadel ein Stück weiter.

Über der Vitrine hing an der Wand ein Gemälde. Durch ein Felsentor in der Steinwüste sah man einen grandiosen Naturpalast. Licht verwandelte die Höhle in einen Dom mit Stalaktiten, zu seltsamen Formen erstarrt, die wie versteinerte Tücher von der Decke hingen.

Hanna setzte sich auf einen Stuhl, kniff die Augen zu schmalen Schlitzen zusammen, so dass die Konturen des Bildes wie im Weichzeichner verschwammen. Es war, als ob jemand durch einen Spiegel die Vergangenheit zeigte. Dorthin wollte sie zurück. Nur für einen Moment.

Hanna fühlte die Wärme des Sommers auf ihrer Haut, atmete den Staub der Straße und schob sich durch die Menschenmenge auf dem Flohmarkt. Schon als Kind übten diese Orte eine Faszination auf sie aus und wo immer in Berlin ein Markt stattfand, sie ging hin. Allen möglichen Kram brachte sie mit nach Hause. Eine alte Kaffeemühle, deren Kurbel abgebrochen war. Einen schmiedeeisernen Flaschenöffner. Unbenutzt lag er auf der Vitrine. Porzellanfiguren die vom Staub grau geworden waren.

Dieser Markt glich jedoch einem Basar. Gewürze wurden verkauft. Teppiche mit orientalischen Mustern gab es am nächsten Stand. Ein Goldschmied hatte seine kleine Werkstatt gleich neben einem Holzschnitzer, dessen Figuren furchterregend und fremd in die Menschenmenge blickten. Am nächsten Stand verkaufte ein Maler Wüstenbilder.

Hier blieb Hanna stehen. Der Künstler verstand es, das Licht einzufangen. Es waren Gemälde von einer Kalksteinwüste. Pilzförmige Gebilde weiß bei Tageslicht, rot bei Sonnenauf- oder untergang. Fabelwesen reckten ihre Köpfe in einen wolkenlosen Himmel.

Ein Bild hatte sie damals besonders fasziniert. Es zeigte eine Höhle. Stalaktiten, vom Licht angestrahlt, hingen wie weiße Tücher von der Decke.

„Man muss die Landschaft auf sich wirken lassen", sagte der Künstler, der, wie aus dem Nichts aufgetaucht, plötzlich neben ihr stand. Hanna wandte den

Kopf und blickte in große dunkle Augen. In Sekunden nahm sie die ebenmäßige braune Haut, die buschigen Augenbrauen und die weißen Zähne wahr. Er lächelte sie an und das Lächeln spiegelte sich in seinen Augen wider.

„Die Bilder sind schön", antwortete Hanna und versuchte ihre Gefühle, die Purzelbäume schlugen, unter Kontrolle zu bekommen.

„Ihnen gefällt die Wüste? Waren Sie schon einmal dort?"

Hanna schüttelte den Kopf.

„Sie sollten einmal eine Wüstenreise unternehmen."

Der Künstler stellte sich als Garib vor und sie hatte ein Gefühl, so als würde sie diesen Mann schon lange kennen. Dann lud er Hanna zu einem Glas Tee ein und bat sie in den hinteren Teil des Standes in ein kleines Zelt. Der Boden war mit einem Teppich ausgelegt, auf den man einige Sitzkissen verteilt hatte. In der Mitte stand ein Samowar. Es war eine Ewigkeit her, dass man ihr so viel Aufmerksamkeit schenkte und es spielte keine Rolle, dass Garib nur ein Bild verkaufen wollte.

Langsam trank sie den Tee, während er von seinem Heimatort Bahariya erzählte. Dorthin kehrte er zurück, wenn der Winter Berlin mit seinen Klauen umklammerte.

„Aber ich erzähle immer nur von mir." Neugierig sah er sie an.

Hanna stellte die Tasse auf den Boden. Was gab es in ihrem Leben schon Aufregendes zu berichten. „Es sind eindrucksvolle Bilder", umging sie seine Frage. „Das Bild mit den Stalaktiten gefällt mir besonders."

„Es ist ein mystischer Ort", erwiderte Garib. „Die Geister der Wüste sind dort zuhause."

Hanna lachte. „Aha" Sie glaubte nicht an Geister.

Als sie später nach Hause ging, trug sie das Bild unter dem Arm und versprach am anderen Tag wiederzukommen.

Ein paar Tage später zog Garib bei ihr ein. Im Wohnzimmer stand jetzt eine Staffelei und es roch nach Farbe und Terpentin. Hanna liebte es, seine schmalen Hände zu beobachten, die mit sicheren Pinselstrichen Szenen aus der Wüste auf die Leinwand zauberten. Mitunter legte er spontan den Pinsel aus der Hand und nahm sie in den Arm. Seine Nähe machte ihren Alltag leicht.

Abends legte Hanna Kissen auf den Boden und Garib holte aus einer Tasche einen breiten Gürtel, in dem geheimnisvolle Zeichen eingeritzt waren. „Alle Zeichen, die ich in das Leder geritzt habe, besitzen eine eigene lange Geschichte", erklärte er.

Wenn er erzählte, hörte sie den Wind, vernahm das kratzen des Sandes, der die Felsen glattschliff. Sah den Sternenhimmel unter dem Garib mitunter schlief und fühlte die Kälte der Nacht. Hanna sah die Welt mit seinen Augen und sie war groß, geheimnisvoll und voller Abenteuer. Was machte es da schon aus, dass er von ihrem Geld lebte, dass sich seine Bilder im Wohnzimmer stapelten, weil er nur wenige verkaufen konnte.

Sie lernte, nur mit der rechten Hand zu essen. Die linke Hand galt in seiner Glaubenslehre als unrein und wurde bestenfalls zum Halten von Schüsseln und Tellern benutzt.

„Warum links?", fragte sie Garib.

„Das steht so im Koran“, antwortete er.

Von den wenigen Einnahmen, die Garib durch den Verkauf der Bilder erzielte, kaufte er Ölfarbe und einmal eine Goldkette, die sie jedoch nie trug. „Du hasst Geld“, sagte sie zu ihm, „wenn du welches besitzt musst du es sofort wieder ausgeben.“

Er lachte und legte den Arm um sie. „Geld ist nichts weiter als ein Stück Papier“, meinte er.

Der Sommer ging vorbei, und Garib ging nur noch selten auf einen Flohmarkt. Öfters sah Hanna ihn jetzt im Wintergarten stehen. Unbeweglich, den Blick nach draußen gerichtet. Das Laub färbte sich langsam gelb, und die Tage wurden kühl. Die Stunden, die Garib vor der Staffelei verbrachte, wurden seltener und auch die Abende, an denen er seine Geschichten erzählte, stellte er langsam ein.

Die Idylle bröckelte, und Hanna konnte den Zerfall nicht aufhalten. „Willst du mich verlassen?“, fragte sie ihn, als er wieder einmal im Wintergarten stand und in den Regen hinaussah. Garib legte den Arm um ihre Schultern, und eine kleine Weile sahen sie schweigend auf das Fensterglas, an dem die Regentropfen vom Wind hin und her getrieben wurden, bis sie endlich das Fensterbrett erreichten und dort über den Blechrand auf die Erde fielen.

„Es ist das Heimweh, das mich umtreibt. Ich muss fort. Kannst du das verstehen, Hanna?"

„Und ich?", fragte sie.

„Komm mit", schlug er vor. „Was hält dich hier? Das Leben ist wie das Lesen in einem spannenden Buch. Man muss es schließen können und ein Neues wieder öffnen."

Später holte Garib seinen Ledergürtel hervor. Noch einmal ging sie mit ihm auf die Reise.

Als Hanna am anderen Tag nach Hause kam war Garib fort. Sie legte eine Schallplatte von Tim Hardin auf den Plattenteller. Lieder, die sie beinahe vergessen hatte. Noten und Texte krochen an den Wänden entlang und gruben sich in jede Mauerritze.

Sie fand einen Briefumschlag auf der Anrichte. Garib hatte seine Heimatadresse darauf geschrieben.

Drei Monate später, als der Winter sich von der kältesten Seite zeigte, reiste sie nach Ägypten. Zeit zum

Koffer auspacken hatte sie keine. Garib musste Backpackertouristen in die weiße Wüste fahren. Es war herrlich neben ihm in seinen Oldtimer-Pickup zu sitzen, die Sonne auf der Haut zu spüren, sein Lachen und seine Stimme zu hören und mitunter einen zärtlichen Blick einzufangen. Nachts saßen sie in warme Decken gehüllt vor einem lodernden Feuer, während Garib seine Geschichten erzählte.

Als Hanna nach langer Zeit anfing Bilder von Berlin an jeden freien Platz in der kleinen Wohnung aufzuhängen, legte Garib seinen Arm um ihre Schulter. „Du willst nach Hause", sagte er leise.

„Es ist Zeit ein neues Buch aufzuschlagen.", erwiderte sie.

Sommer wie Winter

Markus Schneider

Sommer, das ist die Windhund-Dackel-Dame von Winter. Windhund mit Dackel gemischt. Sieht wirklich merkwürdig aus, aber Winter mag's. Sommer ist jetzt fast vier Monate bei uns. Aber was heißt schon bei uns? Sie ist gar nicht mein Hund. Sie gehört Winter allein.

Winter ist mein Vater. Als Hund wäre er eine Vollkatastrophe. Er hört nicht, und er ist nicht mal richtig trocken. Sommer ist als Hund ebenfalls eine Katastrophe. Mit der Erziehung hat es Winter nicht so ernst genommen.

Aber immerhin ist Sommer trocken. Und: Die beiden lieben sich wirklich sehr.

Im Wohnwagen riecht es nach Kaffee und Essigreiniger. Ein tödlicher Mix. Sommer hat sich schnell nach draußen verzogen. Winter und ich sitzen am Tisch. Ich mit der Schreibmaschine vor mir und einer Tasse

Kaffee. Er nur mit Kaffee. Im Kaffee hat er einen Schuss irgendwas.

Neben uns auf dem Boden steht ein Eimer mit Wasser-Essig-Brühe. Vom Putzen wird Winter immer schnell müde. Der Eimer steht gefährlich. Nachher, beim Aufstehen, müssen wir höllisch aufpassen.

Elf Quadratmeter zum Leben. Kaum Platz zum Umdrehen hier.

Und das ist auch schon das Problem.

„Sehr geehrte Damen und Herren", fange ich an zu tippen.

Winter seufzt. Die Schreibmaschine ist laut. Und so schlecht sind seine Ohren nun auch wieder nicht. Die störenden Geräusche hört er noch alle.

„Anbei meine Bewerbung …" Ich stocke. Anbei? Der Brief ist doch die Bewerbung, oder? Egal. Winter soll sich das gleich mal durchlesen. Obwohl, der hat doch noch viel weniger Ahnung von Bewerbungen als ich. Sein halbes Leben hat er hier verbracht. Im Wohnwagen. Auf dem Parkplatz.

Noch mit Iris ist er hergezogen. Dann ist Iris weg. Vor mehr als zwanzig Jahren. Mich hat sie einfach dagelassen. Und die Blumentöpfe außen an den Fenstern vom Wohnwagen, die auch. Und die sind eine der wenigen Sachen, um die sich Winter noch regelmäßig kümmert.

Ich tippe weiter. „Schon immer habe ich mich für Autos interessiert. Jeden Tag habe ich mit Autos zu tun. Deswegen möchte ich noch mehr mit Autos zu tun haben. Aber anders. Bislang bewache ich sie nur, wenn sie parken. Laufe an ihnen vorbei und achte auf Sicherheit. Tag und Nacht. Zusammen mit meinem Vater. Unter die Haube schauen, das wollte ich schon immer. Deswegen Ihre Firma. Hoffe, Sie haben Interesse an mir. Mit freundlichen Grüßen, Michael Winter.“

„Scheiße“, sage ich laut. „Große Scheiße“, sage ich, nach einer langen Pause. Winter schaut dann doch noch von seinem Kaffee hoch.

„Was scheiße“, fragt er ohne Interesse.

„Scheiß Bewerbung“, sage ich.

„Wo?“, fragt er.

„Autowerkstatt", sage ich.

Winter schüttelt den Kopf. Nimmt einen großen Schluck. Er will, dass ich endlich ausziehe. Den Platz braucht er jetzt für Sommer. Die beiden führen eine erwachsene Beziehung. Sagt er. Und für den Parkplatz braucht er mich auch nicht wirklich. Den kann er immer noch allein machen. Sagt er.

Sommer bellt draußen. Ein hohes Kläffen. Unangenehm. Dann klopft es an der Tür. Wahrscheinlich jemand, der nach einem Stellplatz fragen möchte.

Winter erhebt sich träge. Seine Hose sieht einigermaßen ordentlich aus. Vor der Tür steht eine junge Frau.

„Berg, guten Tag", sagt sie und lächelt beruflich.

„Keine Stellplätze frei", sagt Winter und will schon wieder die Tür schließen.

„Nein, nein", sagt Frau Berg schnell, und ich stelle mir vor, wie wir heiraten und einen Doppelnamen haben. „Ich komme von der Haustierkommission. Ordnungsmäßig und fristgerecht haben Sie Ihren Hund gemeldet. Ich möchte nun das Lebensumfeld prüfen. Wie es in der Satzung vorgesehen ist. Paragraf 5, Absatz 3."

Sommer schnuppert an ihren Beinen. Die stecken in einer durchsichtigen Strumpfhose. Der Rock fängt knapp über den Knien an.

Frau Berg schaut sich um. Zückt ein Klemmbrett und einen Stift aus dem Nirgendwo. Macht sich Notizen, ohne uns weiter zu beachten.

„Ich darf doch", sagt sie und kommt rein.

„Achtung", rufe ich. Beinahe zu spät. Ihr Fuß schwebt schon über dem Eimer. Sie kommt ins Wanken. Hält sich am Griff vom Einbauschrank fest. Der geht natürlich auf. Heraus purzeln Unterlagen, die eigentlich in Ordner gehören. Fliegen in Richtung Eimer und versinken.

„Scheiße", sagt Winter.

„So geht das nicht", sagt Frau Berg, nachdem sie sich aufgerappelt hat.

Sommer bellt. Zum Glück nur zwei Mal.

Ich halte lieber meine Klappe. Die Bluse von Frau Berg ist hochgerutscht. Nur ein kleines Stückchen. Ich kann ihren Bauch sehen. Und ihren Bauchnabel. Ich liebe Bauchnabel. Und das ist der schönste, den ich je gesehen habe.

Ich schwöre.

Ich bin sofort verliebt. Dabei fische ich kniend nasse Dokumente aus der Wasser-Essig-Brühe.

Erstmal gibt es Ärger.

Aber nicht Frau Berg, sondern Winter poltert los. „Seit Jahren liegt er mir auf der Tasche! Vierundzwanzig ist er jetzt. Nichts gelernt, der Bengel! Heute schreibt er zum ersten Mal im Leben eine Bewerbung! Zum ersten Mal! Können Sie sich das vorstellen? Wenn er weg ist, dann haben Sommer und ich genügend Platz. Das kann ich Ihnen versichern!"

Frau Berg schaut verdattert auf ihr Klemmbrett. Wie durch ein Wunder hat sie es in den Händen behalten.

„Sommer. Ach so. Sommer. So heißt Ihr Hund, ja?"

„Sommer wie Winter", sagt Winter. Der Spruch kommt vollautomatisch. Bei jeder Laune. Ich sehe, wie seine Hose vorne im Schritt langsam dunkel wird.

„Die Blumen brauchen dringend Wasser", sage ich schnell zu ihm. Das ist unser Codewort. Denn Windeln möchte Winter wirklich nur nachts tragen.

„Oh ja, richtig. Entschuldigen Sie mich kurz", sagt er und geht nach hinten. Obwohl da gar keine Blumen sind, sagt Frau Berg nichts dazu. Sie blinzelt nur nervös.

Die Dokumente in der Hand sage ich: „Lassen Sie uns draußen weiterreden." Frau Berg nickt. Sie weiß wahrscheinlich auch nicht mehr, was sie sagen soll. Draußen hänge ich die Dokumente mit Wäscheklammern auf die Leine.

„Sie wohnen also zu dritt hier?", fragt Frau Berg. Ihren Bleistift hält sie schreibbereit.

„Nee, nur Winter und ich", sage ich.

„Wir zählen den Hund immer mit", sagt Frau Berg.

„Ist doch nur eine halbe Portion", sage ich mit meinem schönsten Lächeln.

„Haben Sie recht. Aber so will es die Kommission."
Frau Berg lächelt zurück. Persönlich. „Wollen Sie
selbst denn auch ausziehen?", fragte sie unvermittelt.

Ich nicke. „Eigentlich schon." Wenn ich Winter nur
allein lassen könnte. Denke ich. Sage ich aber nicht.

„Wenn das so ist, dann haben wir hier bald kein
Problem mehr", sagt sie und schaut mir direkt in die
Augen.

Winter kommt mit einer Gießkanne und einer fri-
schen Hose raus. Die Hose sieht genau aus wie die
alte. Nur ohne Fleck. Das hat wirklich gut geklappt.

„Ich habe das mit Ihrem Sohn schon geregelt", sagt
Frau Berg und schaut Winter an. Dann schaut sie
mich an. „Sie können sich bei mir melden. Nummer
steht auf dem Protokoll. Ein Zimmer ist eigentlich immer frei." Sie schaut schnell zu Boden.

„Michael", sage ich.

„Margot", sagt sie.

„Hä?", sagt Winter.

„Schon gut", sagt Margot. „Hier Ihre Bescheinigung, Herr Winter. Alles tipptopp mit dem Hund."

Winter nickt. „Ist schon ein guter Junge", murmelt er. „Ein guter Junge." Er nickt immer weiter und schaut mich an, kann mit dem Nicken gar nicht mehr aufhören.

Sommer bellt. Margot und ich reichen uns die Hand. Margot Berg, was für ein schöner Name. Gratis dazu zum schönen Bauchnabel.

Sommer bellt weiter, und ich schaue Margot Berg hinterher, wie sie über den Parkplatz geht, würdevoll, und sie dreht sich sogar noch einmal um, winkt mir zu, dann biegt sie um die Ecke und ist verschwunden.

Wir wissen beide, dass wir uns nicht wiedersehen werden.

Winter schmeißt Sommer ein Leckerli hin. Leckerli hat er immer in der Tasche. In jeder Tasche, von jeder Hose, die alle gleich aussehen.

Sommer fängt es aus der Luft. Dann ist Sommer endlich ruhig. Die Dokumente flattern friedlich im Wind.

Ich gehe rein und zerreiße meine Bewerbung. Schmeiße sie in die Wasser-Essig-Brühe. Sie schwimmt noch eine Weile. Dann geht sie würdevoll und leise unter.

Draußen gießt Winter die Blumen.

Rotkappe verkehrt

Annette Riech

Ein Mann wie ein Baum. Das überlegene Grinsen, der Blick dieser Augen: Konzentriert wie eine Schlange fixierte er sein Opfer. Aber sie würde dem standhalten, und sie würde tun, was ihre Not wenden sollte.

All das ging ihr durch den Kopf, während sie nebeneinander den Berg hinaufstiegen, lächelnd, plaudernd, ein laues Lüftchen und die Nachmittagssonne genießend, deren Strahlen die Bank in der Mulde hoch oben am Felsen nur noch so eben erreichten. Eine Familie, Urlaubsgäste, hatte sich zum Picknick diesen Platz ausgesucht gehabt, wo man den Siegelring gefunden hatte, den goldenen Ring, den ihre Tochter trug, seit sie konfirmiert worden war. Die Gemme hatte einen Makel, aber der hatte das Mädchen nicht gestört, im Gegenteil. Das machte den Reif zu etwas Besonderem, und stolz hatte sie ein Selfie von ihrer Hand gemacht.

Anhand dieses Bildes war Anna identifiziert worden. Alt war der Ring, seit vielen, vielen Jahren immer auf die Enkelin vererbt worden, seltsam, nie auf die Tochter, nie auf einen Sohn.

Die Männer dieser Familie hatte es fortgezogen, den einen in den Krieg, den anderen in ferne Länder. Annas Vater hatte sich gleich so verflüchtigt, noch vor der Geburt. Er konnte die Enge des Tals nicht ertragen, sagte er. Die Frauen hielten zusammen und dann steckte die Großmutter der Enkelin den Ring an, und alle lachten, denn er passte genau auf ihren linken Mittelfinger - und da steckte er immer noch, als das fremde Kind danach griff und schrie. Entsetzte Blicke, eine abgetrennte Hand, mumifiziert. Ein Anruf bei der Polizei, und dann begann tatsächlich eine erneute Suchaktion, halbherzig. Und endlich konnte sie ihre Tochter in das Familiengrab legen, die Tochter, die schon begraben gewesen war, notdürftig unter dürrem Laub und gehalten von den Zweigen einer Latschenkiefer, hinter einigem Geröll, kurz vor dem Abgrund.

Die Todesursache? Wer wollte das sagen. Spuren gab es nicht, nur Reste der Jeans, zerrissen.

Wer wollte das wissen und wozu? - Die Mutter.

Der Todeszeitpunkt? - Leider nicht mehr bestimm-
bar.

Wer wollte ihn wissen, und wozu? - Die Mutter. Sie
hatte die Tochter als vermisst gemeldet, gleich am
nächsten Morgen.

Schulterzucken. Erklärungen. Treibt sich rum, sucht
vielleicht eine Vaterfigur. Und wo sollte die Polizei
suchen?

Doch, doch, gesucht wurde endlich, jedoch nur im
Umkreis des Dorfes. Kind einer Alleinerziehenden.
Die ganze Familie suspekt, nur Frauen. Unabhängig
und Linkshänderinnen, alle. Das ist doch nicht normal.

Und dann fand man zufällig Annas Leiche. Man redete über sie, die Mutter, die ihr Kind nicht bei sich
halten konnte. Und die nicht verhindert hatte, dass
die Tochter schwanger geworden war.

Wer kam als Kindsvater infrage? Das ließ sich nicht
mehr feststellen, angeblich, wozu auch.

Wer wollte das wissen? Die Mutter.

Schnell wurde die erneute Suche eingestellt. Aber mit Bedauern.

Und später fand sie zufällig einen Laptop ihrer Tochter, der war ihr fremd wie das kurze Trachtenblüschen, dessen Reste Annas Körper nur knapp bedeckt hatten. Es dauerte, das Passwort zu finden. Ihre Ahnungen, Vermutungen wurden bestätigt. Der Kontakt zu einem Mann, einem ganz bestimmten Mann, war der Grund dafür, dass das halbwüchsige Kind nicht mehr in die Arme der Mutter wollte, schwieg.

Sie brachte den Laptop zur Kripo. Es könne überhaupt nicht sein, dass diese weithin geachtete Persönlichkeit sich mit ihrer Tochter eingelassen hatte, der angesehene Gemeindevorsteher, ein ehrenwerter Handwerksmeister aus einem Dorf in einiger Entfernung, hoch dekorierter Schützenkönig, verheiratet, drei Kinder.

Mit dem war Anna verabredet gewesen, das sagte die letzte Email. Ein Fake, das sagte der Kommissar.

Und all die verschwundenen Mädchen in den letzten Jahren?

Das muss nichts heißen. Zufälle.

Der Mann hatte diesen Platz für eine Rast vorgeschlagen, bis zu seiner Jagdhütte seien es noch gut zwei Stunden. So dicht neben dem Mörder ihrer Tochter war ihr kalt. Die Sonne gab sich Mühe, aber sie wärmte nicht, und der Abendwind war sich unsicher, ob er vielleicht etwas freundlicher wehen wollte. Diese Wanderung, sie hatte es darauf angelegt, hatte ihn im Chat aufgestöbert, war im Dirndl zum Herbstmarkt gefahren, betont munter und fröhlich mit lustig tanzenden Zöpfen. Er mochte die zierlichen, knackigen, hatte er gesagt. Also die jungen. Die wie Radieschen sind.

Sorgfältig hatte sie überlegt, was sie für diese Wanderung anziehen sollte. Die uralte Lederhose vom letzten Wildhüterbuben, der war so schlank gewesen. Ein volkstümelndes Shirt, das saß so eng. Und leichte Sneaker, die wirkten so jugendlich. Die Haare zum Pferdeschwanz gebunden und darüber eine rote Baseballkappe.

Ihm gefiel das. Sie hatten sich auf die Bank am Rand der Mulde gesetzt und er wollte sie an sich ziehen. Da stand sie auf, ging einige Schritte, auf den Abgrund zu, knickte um.

Schon war er bei ihr, hielt sie fest. Aber das war kein ritterliches Zugreifen. Sie sah die Gier in seinen Augen auflodern, den Triumph des erfolgreichen Jägers. Er drängte sie zu Boden, drückte ein Knie zwischen ihre Beine, legte sich auf sie, hielt ihre rechte Hand hoch über ihrem Kopf fest und schob die andere unter ihr Shirt. Da zog sie den lange nicht benutzten Hirschfänger aus der Tasche am linken Hosenbein und stieß zu, stieß das Messer in den Rücken, es schrammte an einer Rippe vorbei.

Er bäumte sich auf, eher überrascht als ärgerlich, ein fragender Blick, bevor die Augen brachen.

Dann wurde ihr warm, warm von seinem sprudelnden Blut.

Seine Hände erschlafften, ließen von ihr ab, aber sie war gefangen, ihr Fuß schmerzte und sie konnte sich nicht bewegen. Schnell verebbte der Strom, erkaltete.

Sein Blut klebte an ihr, durchtränkte ihre Kleidung und würde sich nie wieder abwaschen lassen.

So fand sie eine späte Wandergruppe, setzte einen Notruf ab. Sie wurde von der Bergwacht ins Tal gebracht, ins Spital. Es war Notwehr, sagte sie dem Kommissar. Ihr fehlte nicht viel, aber sie vermisste die rote Kappe. Die hatte der Abendwind hinter den Geröllhaufen gelegt, unter die Latschenkiefer, kurz vor dem Abgrund.

Der Junge, der sich trennte

Dieter Sdun

Die Sonne war so grell, dass er für einen Moment die Augen schließen musste. Aber er durfte nicht stehenbleiben, hier vor dem Bahnhof. Er musste weitergehen, und das unauffällig, denn er wurde beobachtet. Arthur spürte den Blick des Schalterbeamten in seinem Rücken. Schritt für Schritt schaffte er es, den Platz zu überqueren und rechts abzubiegen. Vom Bahnhof aus war er jetzt nicht mehr zu sehen.

Arthur blieb stehen. Er sah in den ersten Stock eines in die Jahre gekommenen Bürogebäudes hinauf. Dort oben arbeitete seine Mutter. So nah würde er ihr nie mehr kommen. Da war eine Gardine, aber niemand war dahinter zu sehen. Arthur blickte auf seine Uhr. Zehn nach elf. Noch genau neunzehn Minuten.

Aus der Tasche seiner kurzen Hose zog er die beiden Fahrkarten, die er gerade im Bahnhof gekauft hatte. Die seiner Mutter grün-weiß gestreift, auf seiner stand KIND. Darüber war das Datum in das Pappkärtchen eingestanzt, 15.7.71. Er hatte es geschafft, aber der Schreck steckte noch immer in seinem Körper, diese Angst, der Mann am Schalter könnte sein Herz schlagen hören.

„Anderthalbmal Aachen, hin und rück", hatte Arthur in demselben Ton versucht zu sagen wie die Mutter, wenn sie Fahrkarten kaufte. Der Schalterbeamte hob erstaunt die Brauen. War das wegen Aachen? Sie wollten in den Ferien endlich mal einen entfernten Verwandten besuchen, hätte Arthur behauptet. Aber er wurde zum Glück nicht gefragt.

So wie der Beamte auf ihn herabblickte, kam sich Arthur vor wie bei der Verhandlung, vor dem Richter. Auch der Richter hatte ihn so ungläubig von oben angesehen. Bei dem Gerichtstermin war es darum gegangen, ob Arthur zu seinem Vater sollte oder bei der Mutter bleiben konnte. Die Rechtsanwälte hatten lange gesprochen, vor allem der seines Vaters, denn der Vater war nicht da gewesen. Schließlich hatte der Richter Arthur gefragt:

„Dein Vater sagt, du möchtest zu ihm, nur deine Mutter würde dich aufhetzen. Deine Mutter sagt, du möchtest bei ihr bleiben. Für das Gericht aber steht das Wohl des Kindes im Vordergrund. Und deshalb - schließlich bist du schon elf Jahre alt - frage ich dich: Wohin möchtest du denn?"

Arthur hatte den Kopf gehoben. Er war vorbereitet gewesen auf diese Frage. Die Mutter hatte mit ihm geübt. Aber alles, was sie geübt hatten, war wie durch ein Loch gefallen. Arthur sah in die Augen des Richters und es war für ihn, als blickte er in einen sehr langen Flur.

„Nach Hause", sagte Arthur. „Ich möchte nach Hause."

„Nach Hause", wiederholte der Richter. „Und wo ist das, dein zu Hause?"

Der Richter sprach ruhig und lehnte sich ein wenig nach vorne. Arthur senkte seinen Kopf. Er schwieg und spürte gleichzeitig, wie die Mutter hinter ihm unruhig wurde. Er begann zu sprechen, langsam und leise sprach er, ohne den Richter anzusehen.

„In der Allee bin ich zuhause, zwischen den Bäumen. An unserem kleinen Bahnhof. Und am Kiosk davor. Am meisten bin ich in meinem Englischbuch zu Hause, in Puddlefield, bei Peter Pim und Billy Ball.

Die haben ein Haus und einen Garten und eine Familie. Die freuen sich, wenn ich komme.“

Mehr brachte Arthur nicht heraus. Der Richter fragte noch nach seinen Berufswünschen und seinem Lieblingsverein. Aber Arthur gab keine Antwort mehr. Er hatte viel gesagt, er hatte die ganze Wahrheit gesagt.

Arthur hatte das überlebt, im Gericht, und auch vorhin in der Schalterhalle war er durchgekommen. Er hatte zwei Fahrkarten in der Hand, das zählte. Und er hatte sich unter das Büro seiner Mutter gestellt, ohne dass etwas passiert war.

Arthur steckte die Fahrkarten wieder in die Hosentasche und ging die Hauptstraße hinauf in Richtung der Allee. Er ging genau richtig. Nicht zu schnell, dass man ihm keine Flucht ansah. Und auch nicht zu langsam, als hätte er kein Ziel. Arthur musste sich Mut machen, denn jetzt kam der schwierigste Teil. Er musste sich von Herrn Siegfried verabschieden.

Wo die Hauptstraße in die Allee überging, zweigte rechts eine kleine Stichstraße ab, die wieder hinunter zum Bahnhof führte. Am Ende dieser Stichstraße stand der Kiosk von Herrn Siegfried. Arthur fing an zu laufen. Schon von weitem sah er den riesigen, fast kahlen Kopf von Herrn Siegfried. Er saß in seinem Kiosk und las. Manchmal in der Zeitung, manchmal im Kicker. Meist aber im Kursbuch der Bahn. Einmal hatte er dem Jungen gezeigt, wie das ging, sich einen Zug herauszusuchen, einen nach England.

Arthur mochte Herrn Siegfried, von Anfang an hatte er ihn gemocht. Mehr als jeden anderen Menschen. Dabei war er ein „Wildfremder", wie die Mutter gesagt hätte. Mit Herrn Siegfried fühlte sich Arthur groß. Herr Siegfried wunderte sich nicht, wenn Arthur bei ihm Illustrierte kaufte, um sich dann heimlich die Bilder nackter Frauen anzusehen. Herr Siegfried konnte schweigen, wenn Arthur mit seiner Mutter vor ihm stand. „Noch vierzehn Minuten", sagte Arthur ganz außer Atem und zeigte Herrn Siegfried seine beiden Fahrkarten. Der Mann im Kiosk hielt dem Jungen seine große weiche Hand durch das Fenster der Auslage. Plötzlich veränderten sich die zwei Fahrkarten in der Hand des Jungen. Eigentlich hatte er die zweite Karte nur zur Tarnung gekauft, als wäre sie für die Mutter. Er konnte doch nicht eine Fahrkarte direkt nach England kaufen, nur für sich, und ohne Rückfahrt. Er durfte keine verrückten Sachen machen. Aber jetzt kam ihm die Idee, er könnte die zweite Karte Herrn Siegfried geben und ihn mitnehmen, nach Puddlefield. Außerdem hatte er noch Geld übrig, Geld aus dem geheimen Versteck der Mutter, aus der rechten Tasche ihres Morgenrocks im Schlafzimmerschrank. Das würde auch für zwei reichen. Wollte er das?

'Nein', dachte Arthur, während er in das offene Gesicht von Herrn Siegfried blickte, dessen riesige Hand noch immer vor ihm in der Luft schwebte wie eine Wolke. 'Nein, denn wenn ich diese Hand berühre, dann schaffe ich es vielleicht nicht mehr'. Er musste sich trennen, bevor er sich nicht mehr lösen konnte.

Als er sich umdrehte, spürte er, dass es ihn zerriss. Ein Teil von ihm wollte weg, aber ein anderer Teil wollte dableiben, für immer dableiben, und alles sollte immer gleichbleiben.

Der Teil, der wegwollte, war der stärkere. Arthur trennte sich. Es tat weh. Aber immer, wenn es wehtat, war es schön gewesen. Er kannte das.

Arthur rannte von Herrn Siegfried weg, rannte die Stichstraße, die Stufen der Bruchsteintreppe hinauf. Oben, am Geländer der Treppe, hatte er vorhin sein Rad abgestellt und war zum Bahnhof gegangen, um die Fahrkarten zu kaufen. Mit Rad wäre er sich zu auffällig vorgekommen. Jetzt stieg Arthur auf den Sattel. Er blickte auf seine Armbanduhr. Noch acht Minuten.

Er musste sich beeilen, denn lange bevor die S-Bahn kam, senkten sich die Schranken. Und er musste auf die andere Seite der Schienen, auf den Bahnsteig in Gegenrichtung. Damit ihn niemand sah, nicht Herr Siegfried, nicht seine Mutter und nicht der Schalterbeamte, musste er einen großen Bogen fahren, über die Allee und die Hauptstraße.

Er fuhr schnell. Arthur kreuzte die Schienen. Statt die Rechtskurve der Straße mitzumachen, lenkte Arthur sein Rad nach links in einen schmalen Fußweg, der parallel zu den Schienen verlief. Als er vom Rad stieg, hörte er das Läuten der sich senkenden Schranken. Er lehnte sein Rad an einen Baum. Geduckt ging er durch das Gebüsch, ganz nah am Bahnsteig, und wartete. Arthur würde erst aus seinem Versteck kommen, wenn der Zug eingelaufen war. Sonst könnte ihn der Schalterbeamte durch das vergitterte Bahnhofsfenster sehen. Auf dem Bahnsteig war niemand. Arthur brauchte auch niemanden mehr. Keinen Herrn Siegfried. Und keine Eltern.

„Sie bekommen das Urteil dann zugeschickt", waren die letzten Worte des Richters gewesen. Auf dem Heimweg hatte die Mutter dem Jungen bittere Vorwürfe gemacht. „Du mit deinem blöden Puddlefield. Das gibt es doch gar nicht, das gibt es nur in deinem Englischbuch. Und in deinem Kopf, als Hirngespinst."

Aber Arthur ließ sich nicht beirren. In England würde er sich einen neuen Namen geben. Peter würde passen, Peter, wie Peter Pim. Seinen Namen hatte Arthur nie gemocht. Er hatte ihn von einem Patenonkel, mit dem der Vater im Krieg gewesen war. Es war ein Glück, dass ihn kaum jemand mit seinem Namen ansprach, am wenigsten seine Mutter und sein Vater. Wenn es um ihn gegangen war, dann hatten seine Eltern immer nur „der Junge" gesagt.

Arthur sah den Zug näherkommen. Der Zug, eine grüne Lok mit einem „S" auf der Stirn und drei silbernen Waggons dahinter, flimmerte in der Sommerhitze. Arthur könnte dem Zug entgegenlaufen. Er könnte die Lok umarmen. Abspringen vom Bahnsteig und sie in die Arme nehmen. Wie er früher seinen Vater umarmt hatte. Sollte er das versuchen? Nein, entschied er. Er wollte nach England. Weit weg, nach Hause.

Der Zug fuhr langsam ein und hielt mit einem Ruck. Arthur kam aus seinem Versteck, jetzt konnte er sich zeigen. Er öffnete die vorletzte Tür des Waggons. Noch einmal sah er sich um. Niemand. Arthur machte einen Schritt nach vorne. Er fühlte sich wie dieser Mann, der den Mond betreten hatte. Die Erde war so weit weg wie der Bahnhofsvorplatz, und Arthur war ganz leicht.

Federleichte Kampfansage

Britta Bendixen

»Aber ihre Augen sind doch offen, das heißt, dass sie wach ist, oder?«, sagt eine tiefe Stimme, die ich kenne, aber nicht zuordnen kann. Redet sie von mir?

Ich kann nichts weiter sehen als eine weiße Raufaserdecke und ein Bild an der gegenüberliegenden Wand. Darauf ist ein bunter Blumenstrauß abgebildet.

„Das stimmt so leider nicht", sagt eine weitere Stimme. „Auch, wenn ihre Augen offen sind, ist Ihre Frau vermutlich ohne Bewusstsein. Bei Wachkoma-Patienten ist das nicht ungewöhnlich. Hören Sie, Herr Mahler, Ihre Frau wurde nach der Erstbehandlung der Hirnblutung von der Intensivstation in die Neurologie verlegt. Das heißt aber nicht, dass sich ihr Zustand in nächster Zeit entscheidend verbessern wird."

„Oh." Pause. Ich höre ein Räuspern. „Was kann ich tun, Herr Doktor?"

„Nehmen Sie sich Zeit für sie, sprechen Sie mit ihr, seien Sie einfach da. Erinnern Sie sie an gemeinsame Zeiten. Fotoalben sind oft hilfreich."

„Ich soll mit ihr reden, obwohl sie mich nicht hören kann?"

Eine Hand greift nach meiner, streichelt meine Finger. Die Stimmen verschwimmen zu einem unschönen Rauschen, denn diese plötzliche Nähe, diese Berührung ist alles, was ich wahrnehme. Und sie gefällt mir nicht. Ich will meine Hand wegziehen, schaffe es aber nicht. Sie wird weiterhin festgehalten und gestreichelt.

„Hallo Jeanette, ich bin Maik, dein Ergotherapeut."

Die Stimme klingt fröhlich und lebensbejahend. Jeanette, das bin ich, soviel weiß ich. Bens Hand, die meine gehalten hat, ist fort. Ich registriere das mit Erleichterung.

Maik spricht mit mir, während er die Decke zurückschlägt und seine Hände prüfend über meine Füße und Beine streichen.

Er kommt von nun an regelmäßig, hellt meine dunklen Tage auf. Ich freue mich, wenn er in meiner Nähe ist und mit mir redet. Diesmal erzählt er mir von einem Streich, den er als Junge seinem Lehrer gespielt hat, während er meine Arme bewegt und meine Finger beugt. Ich höre zwar, was er sagt, doch in erster Linie lausche ich seiner sympathischen Stimme.

Dann ist auch mein Mann plötzlich da. Küsst mich auf die Stirn, redet mit meinem Therapeuten, dessen Hände sich zurückziehen. Maik mustert mich prüfend. „Ich komme später wieder, Jeanette", sagt er und geht.

Mir wird kalt.

Ben setzt sich zu mir, die Matratze sinkt herab. Er streichelt meine Wange, sieht müde und ernst aus. Ich würde mich gern abwenden, doch mein Kopf gehorcht mir nicht. Ob ich mich je daran gewöhnen werde, gleichzeitig leblos und lebendig zu sein?

„Wach doch auf", sagt mein Mann leise. „Ich finde es so furchtbar, dich hier liegen und ins Leere starren zu sehen. Als wärst du da und doch ganz woanders."

Das Geräusch der sich öffnenden Tür lässt ihn hoch-
blicken. Abrupt steht er auf, die rasche Bewegung
hebt und senkt meinen Körper.

„Was machst du denn hier?", zischt er.

„Was glaubst du wohl? Ich will Jeanette besuchen",
sagt die helle, etwas trotzig klingende Stimme meiner besten Freundin Jana. Vermutlich sollte ich mich
freuen, dass sie da ist, doch ich empfinde nichts als
Widerwillen. Wie neulich, als Ben meine Hand strei-
chelte.

Er geht zu Jana hinüber. „Ausgerechnet jetzt kommst
du her?"

„Entschuldige, ich wusste nicht, dass du hier bist."

Im nächsten Moment beug Jana sich über mich. Ihr
Haar umrahmt das schmale, hübsche Gesicht wie ein
dunkler Vorhang eine beleuchtete Theaterbühne.
Ihre Hand streichelt sanft meine Wange.

Ich will das nicht.

Stille. Dann höre ich Ben vorschlagen, draußen weiter zu reden.

„Wieso? Sie kriegt doch sowieso nichts mit", entgegnet Jana schnippisch, geht aber mit. Ich bin allein. Allein mit vagen Erinnerungen. Von Ben und Jana, nackt und keuchend in unserem Bett. Sie haben mich nicht bemerkt und ich habe nichts gesagt. War wie gelähmt vor Schmerz und Enttäuschung.

Und dann fand ich mich hier wieder.

Nur Maik kommt zurück. Setzt sich zu mir und schaut mich an. „Ich weiß ja nicht, was zwischen dir und deinem Mann passiert ist", sagt er leise, „aber mir war so, als hättest du dich nicht gefreut, als er kam. Du hast dich irgendwie versteift und dein Gesicht schien angespannter als sonst."

Ich würde ihm so gern sagen, wie richtig er mit seiner Beobachtung liegt. Aber meine Zunge gehorcht mir ebenso wenig wie meine Hände oder Füße.

„Du bekommst mehr mit, als sie alle ahnen, nicht wahr?", flüstert Maik und lächelt. Ich mag sein Lächeln. Würde es gern immer vor mir sehen. Bei sämtlichen Untersuchungen, die sie mit mir anstellen, in den Stunden, die ich allein hier liege, und vor allem dann, wenn Ben in meiner Nähe ist. Manchmal legt mein Mann sich zu mir, schlingt seine Arme um mich, zieht meinen Kopf an seine Brust. Das ist jedes Mal furchtbar für mich, doch ich bin dazu verdammt, es ohne Gegenwehr über mich ergehen zu lassen. Einmal hat er sich gar dicht an mich gepresst, schwer geatmet und meine Brüste gestreichelt, während er in Erinnerungen an früher schwelgte. An die Zeit, in der wir frisch verliebt waren und nicht genug voneinander bekamen. Doch das ist lange vorbei.

Immer, wenn Ben seither an mein Krankenbett tritt, ist der Gedanke an diesen widerlichen Vorfall, der mit Bens verlegenem Räuspern und seinem recht plötzlichen Aufbruch endete, wieder da. Ich will ihn nicht mehr sehen. Doch er merkt nicht, wie ich innerlich verkrampfe, sobald er in meiner Nähe ist.

Maik aber spürt mein Unbehagen. Vermutlich, weil ich ganz anders bin, wenn er bei mir ist.

Jana kommt nicht mehr, aber hin und wieder ruft sie an, während Ben bei mir ist. Ich merke an der Vertrautheit in Bens gesenkter Stimme, dass sie es ist. Oft verschwindet er kurz darauf, so dass ich mich mittlerweile freue, wenn sein Handy klingelt.

Die Zeit vergeht, ist ausgefüllt mit Untersuchungen, Spaziergängen mit Maik, der mich in einem Spezial-

Rollstuhl durch den mit Vogelzwitschern und dem Duft der Blumen erfüllten Krankenhauspark schiebt, unnütz scheinenden Sprechübungen mit dem Logopäden, und der Ergotherapie, auf die ich mich am meisten freue. Maiks Hände sind sanft und energisch zugleich. Er sorgt dafür, dass meine Muskeln nicht völlig erschlaffen. Er bewegt mich, körperlich und mental. Erzählt mir von Filmen, die er gesehen, von Dingen, die er erlebt hat. Nie erwähnt er eine Frau oder eine Familie. Wenn ich könnte, würde ich ihm die vielen Fragen stellen, die mir auf der nutzlosen Zunge liegen.

Manchmal glaube ich, er spürt, was ich möchte. Stellt das Radio ein, wenn mir nach Musik zumute ist, oder öffnet das Fenster, wenn ich gern frische Luft atmen würde. Es ist faszinierend.

„Habe ich dir eigentlich schon gesagt, dass du meine hübscheste Patientin bist?", fragt er eines Morgens. Die Schwester hat mich gerade gewaschen, mir das Gesicht eingecremt und die Haare gebürstet. Dass ich diese simplen Kleinigkeiten nicht mehr selbst tun kann, ärgert mich, doch nach dieser Bemerkung von Maik bin ich einfach nur glücklich. Er ist der Einzige, dessen Nähe ich als angenehm empfinde. Sein Kompliment tut mir so gut. Mag sein, dass er das zu jeder Patientin sagt, aber wer weiß? Vielleicht auch nicht.

Während er meinem schlaffen Körper zu etwas Bewegung verhilft, betrachte ich ihn, wann immer sein Gesicht in mein Blickfeld gerät. Er hat dunkleres und längeres Haar als Ben, und im Gegensatz zu meinem Mann trägt er einen Bart. Seine braunen Augen strahlen Fröhlichkeit aus und wenn er lacht, leuchten sie richtig.

Ben dagegen ist meistens ernst. Wenn er lächelt, wirkt es gezwungen.

Es ist verrückt. Ich spüre, dass er sich in meiner Nähe unwohl fühlt, ebenso wie ich mich in seiner. Dennoch kommt er täglich nach der Arbeit, erzählt mir vom Stress im Büro und schaut alle paar Minuten auf die Uhr, bis er einen Grund findet, um zu gehen. Immer häufiger ist dieser Anlass ein Anruf von Jana.

„Ich weiß, dass du gar nichts von dem mitbekommst, was ich dir erzähle«, sagt er eines Tages und fährt sich durch die Haare, »aber ich finde, du hast ein Recht, es zu erfahren. Vielleicht verstehst du es doch, wäre ja möglich. Wie dem auch sei, dein Arzt

hat mir heute gesagt, dass du nicht mehr lange hier-
bleiben kannst. Er meint, es könnte helfen, wenn du
nach Hause kommst und dort gepflegt wirst. Aber
das ist nicht so einfach, Jeanette. Ich lebe nicht mehr
allein. Jana ist bei mir eingezogen, und sie ist
schwanger. Deshalb wirst du demnächst in ein Heim
ziehen müssen. Es tut mir leid."

Als er fort ist, wird mir klar, dass ich etwas tun muss.

In dieser Nacht schlafe ich nicht. Stattdessen bün-
dele ich Kraft und Willen und versuche, irgendetwas
an diesem Körper zu bewegen. Einen Zeh, den kleinen Finger, meine Mundwinkel. Ich will mich nicht so
einfach abschieben lassen. Will wieder richtig leben.

Als Maik kommt, klopft mein Herz schneller. Ich
brenne darauf, ihm die Ergebnisse der letzten Nacht
zu präsentieren. Als er wie jeden Morgen meine
Hand ergreift, drücke ich seine so fest ich kann. Vermutlich ist der Druck nicht viel stärker als der einer
Feder, die auf seiner Haut landet, doch er sieht überrascht auf.

„Na also", sagt er zärtlich, „ich wusste doch, dass in
dir eine Kämpferin schlummert."

In Gedanken nicke ich ihm zufrieden zu. Ich bin zum Kampf bereit.

Sophie will geküsst werden

Anna Neder von der Goltz

Diesen Sommer will ich geküsst werden, dachte Sophie und verabredete sich mit ihrer Freundin im Biergarten.

Zwei Jahre ist es jetzt her, seit Christian mit ihr Schluss gemacht hatte. Den ersten Sommer schmerzte es sie noch sehr, wenn sie Liebespaare auf der Wöhrder Wiese Ball spielen und rumtollen sah. Sie nahm sich jedes Mal vor, nicht hinzuschauen, wenn sie eng ineinander verschlungen auf ihren Decken lagen und sich zärtlich liebkosten. Die ganze Welt schien glücklich und verliebt zu sein. Oft lag sie abends bei geöffnetem Fenster auf ihrem Bett, hörte unten vom angrenzenden Biergarten herauf die fröhlichen Stimmen und das Lachen. Auch das wollte Sophie nicht hören, sie zog die Decke über den Kopf und weinte sich viele Male in den Schlaf. Doch diesen Sommer ging sie hinunter, lief mehrmals durch den Biergarten, dessen Wirt ein Grieche war, und verabredete sich immer öfter mit Kolleginnen oder ihrer Freundin dort, so wie auch an diesem Abend.

Noch saß Sophie allein am Tisch. Zwei WhatsApp hatte Marie geschrieben. „Komme später." „Warte bitte."

Marie war nicht immer die Zuverlässigste. Der Tisch war viel zu groß für Sophie. Doch immer, wenn jemand fragte, ob der Tisch schon belegt sei, konnte Sophie nicht schnell genug antworten: „Ja, aber nur ein Platz", bevor der Suchende schon Ausschau nach einem neuen Tisch hielt.

An meinem Aussehen kann es nicht liegen, dachte Sophie. Wie oft hatte sie schon gehört, wie hübsch sie war. Heute hatte sie ihr langes dickes Haar zu einem Zopf geflochten und über ihre Schulter gelegt. Sie hatte große dunkle Augen und einen Bronzeschimmer auf der Haut. Sie trug ein schulterfreies Kleid und die dunkelblaue fließende Seide ließ alles in der Sommerhitze golden glitzern. Manchmal glaubte sie, dass ihre Schönheit, wie eine magische Grenze, die anderen davon abhielt, sich zu ihr zu setzen.

Am gegenüberliegenden Tisch beobachtete Sophie eine Frau, deren breiter Hintern in Jeans gezwängt war und deren T-Shirt wie abgeschnitten ihren speckigen Bauch freilegte, aus dessen Nabel ein Piercing lugte. Mit ihren roten langen Fingernägeln der rechten Hand umklammerte sie die Schulter eines Mannes, der auf der Bank vor ihr saß, wobei sie gleichzeitig ihren großen Busen gegen seinen Rücken drückte. Mit der anderen hob sie ein Bierglas hoch und prostete ihren Freunden zu. Ihre Lippen waren tiefrot bemalt, und ihr blonder Wuschelkopf fiel jedes Mal nach hinten, wenn sie wieder mit einem ihrer flotten Sprüche die ganze Reihe zum Lachen gebracht hatte. Diese Frau konnte andere Menschen glücklich machen, dachte Sophie und ein tiefer Seufzer drang durch ihre Brust.

In dem Moment sah sie, wie ihr vom Nebentisch jemand zuwinkte. Es war eine Kinderhand, und jetzt hob auch die Mutter die Hand. Und während Sophie noch überlegte, wer das wohl sein könnte, kamen die beiden schon auf sie zu. Es war Nikos, ein Schüler, den sie seit Jahren in der Grundschule betreute. Nein, dachte Sophie. Ich habe Feierabend, ich will nicht. Doch da schob die Mutter den Jungen auch schon auf Sophies Bank und setzte sich daneben.

Seit vier Jahren hatte Sophie in der Schulberatung vergeblich versucht, die Mutter davon zu überzeugen, dass Nikos dringend Erfolgserlebnisse brauche und es am besten wäre, wenn er in eine Förderschule ginge. Auch wenn die Noten ausgesetzt worden waren, lernte Nikos schnell die römischen Ziffern zu entschlüsseln, die nun auf den Probearbeiten standen und selbst als die Klassenlehrerin Sterne statt Ziffern auf sein Blatt schrieb, wusste Nikos, dass fünfzackige Sterne eine Fünf bedeuten und sechszackige eine Sechs. Er spürte, dass er von der Leistung her der schlechteste in seiner Klasse war, und Sophie war es leid, erneut über das Drama dieses Kindes sprechen zu müssen.

Plötzlich standen der Vater und die Großeltern von Nikos ebenfalls auf und kamen zu Sophies Tisch herüber. Nikos wurde von seiner Mutter näher zu Sophie herangeschoben, und dann wurden Onkel und Tante herbeigerufen, für die Platz gemacht worden war. Rechts von Sophie kletterte der kleine Bruder auf die Bank und nun war es aussichtslos, an die Tasche unter dem Tisch mit der ersehnten Nachricht von Maries Ankunft heranzukommen. Mittlerweile war sie von der ganzen Familie Magaritis eingerahmt.

„Mein Mann", sagte Frau Magaritis und zeigte auf den Mann, der Sophie gegenübersaß und ihr freundlich zunickte.

„Die Oma", sagte sie und zeigte auf die ältere Frau mit weißen Haaren.

„Sie gute Lehrerin", rief die Großmutter Sophie zu und nickte freundlich.

„Der Opa", stellte Frau Magaritis weiter vor und zeigte auf den älteren Mann mit der ledernen Gesichtshaut, der daneben saß und Sophie ebenfalls freundlich zunickte, wobei seitlich im Mund eine Zahnlücke zu sehen war.

„Sie gute Lehrerin!", rief die Großmutter, der Großvater nickte und in der Zwischenzeit stand ein Tablett mit zehn Ouzos auf dem Tisch und alle wollten mit Sophie anstoßen.

„Nikos geht in Förderschule, im Februar", sagte die Mutter und strahlte dabei über das ganze Gesicht.

Weil sie keine Lust auf eine neue Diskussion hatte, nickte Sophie zustimmend und kippte ihren Ouzo hinunter, wobei der Großvater ihr freundlich zuprostete.

„Das ist Tante und Onkel", sagte die Mutter. „Onkel auch viel Problem in Schule und Cousin auch. Liegt in Familie", sagte sie und lächelte Sophie freundlich an.

„Sie gute Lehrerin", sagte die Oma erneut und jetzt trank die Mutter ihren zweiten Ouzo und prostete ihrem Mann zu.

„Wir wollen gute Ausbildung für Kinder haben, machen alles dafür. Wir umziehen und dann Nikos kommt in Förderschule."

Sophie nickte und war erleichtert zu sehen, wie Platten mit griechischem Bauernsalat, gegrillten Calamari, Gyros, Zaziki und Körbe mit Weißbrot auf den Tisch geschoben wurden und jeder einen weißen Teller bekam und somit das Thema in den Hintergrund geriet. Ein Weinglas tauchte irgendwo hinter ihrem Rücken auf, und Besteck in weiße Servietten eingewickelt wurde neben die Teller gelegt. Man begann die Platten herumzureichen und wünschte sich guten Appetit.

„Kaliméra", sagte der Wirt, der plötzlich an der Seite vom Biertisch stand und allen zunickte.

„Das ist mein Cousin", stellte dieses Mal der Vater vor. „Ich arbeite in Hotel von ihm."

„Und ich putzen Zimmer", sagte die Tante und Sophie nickte ihnen höflich zu. Sie liebte griechischen Salat.

Es wurde wieder angestoßen, dieses Mal mit Retsina, und der Wirt, der das Glas hob, prostete Sophie zu und sagte: „Sie gute Lehrerin."

„Wir ziehen um, alle, in neue Wohnung und dann Nikos im Februar kommt in Förderschule", sagte die Tante und umarmte Nikos Mutter, die Tränen in den Augen hatte.

Sophie verstand gar nichts mehr, warum im Februar und nicht jetzt, Anfang September, dachte sie, und warum umziehen.

Der kleine Bruder saß nun mittlerweile auf ihrem Schoß und so traute Sophie sich zu fragen, aus welcher Gegend in Griechenland denn die Ursprungsfamilie stamme.

„Karpathos", riefen alle wie im Chor.

„Sie Karpathos kennen?"

„Ja, im August war ich dort wandern", antwortete Sophie.

„Wandern in heißer Sonne, das nicht gut. Blut fängt an zu kochen", sagte die Oma, „aber Sie gute Lehrerin", schob sie gleich nach und wieder wollten alle mit ihr anstoßen.

Sie redeten noch über Korfu, über den Peloponnes, den die Familie noch nie bereist hatte, und beim Abschied fiel ihr zuerst die Mutter um den Hals, küsste sie auf die rechte Wange und dann auf die linke und wieder auf die rechte, und die Tante drückte sie fest an sich und küsste sie ebenfalls links und rechts und wieder links, und die Oma nahm Sophies Gesicht in beide Hände und küsste sie auf die Stirn und auf beide Nasenflügel, so dass Sophie kaum Luft bekam. Die Männer hoben die Hand, schmunzelten und grüßten mit „Kalispera" und die Kinder, die schon zur alten Steintreppe am Ausgang des Biergartens gelaufen waren, winkten ihr noch mal zu.

Sophie schwankte leicht, als sie hoch in ihre Wohnung ging. Sie warf sich aufs Bett und fiel bei geöffnetem Fenster in einen wohligen Schlaf.

Am nächsten Morgen schreckte sie hoch, sie hatte den Wecker überhört. Schnell ging sie unter die Dusche und hastete ohne Frühstück aus dem Haus. Auf dem Flur in der Schule kam ihr die Klassenlehrerin von Nikos entgegen und schüttelte lachend den Kopf.

„Wie hast du denn das geschafft? Die Mutter von Nikos war da und erzählte, dass er im Februar in die Förderschule geht und dass sie extra dafür in die Nähe der Schule umziehen."

Sophie zuckte die Schultern und schmunzelte, und bevor sie ins Klassenzimmer ging, holte sie ihr Smartphone aus der Tasche und schrieb noch schnell eine WhatsApp an ihre Freundin:

„Liebe Marie, bin gestern viel geküsst worden. Sophie."

Aprikosensommer

Kerstin Elsäßer

Karolina griff in die braune Papiertüte. Perfekt. Nicht zu fest und nicht zu weich. Vorsichtig biss sie in die Frucht. Süß, mit einem Hauch von Mandeln. Der Kern löste sich fast von selbst vom Fruchtfleisch. Wunderbar. 'Die perfekte Aprikose', dachte Karolina, steckte sich genüsslich den Rest davon in den Mund und leckte etwas Saft von ihren Fingern.

Sie betrachtete den übriggebliebenen Kern in ihrer Hand, drehte ihn hin und her und es war, als entstand in ihrem Kopf in diesem Moment eine Verbindung zur Vergangenheit. Plötzlich war die Erinnerung da, dieses Gefühl von früher, sehr viel früher.

Karolina war neun oder zehn, Benedikt fast im gleichen Alter. Es war Sommer. Sie saßen barfuß auf dem Rand einer Mauer, die gebräunten Beine steckten in kurzen Hosen. Und es gab Aprikosen. Jeden Tag im Sommer, in Hülle und Fülle. Direkt vom Baum im Garten von Benedikts Eltern. Sie schmeckten herrlich süß und ein kleines Bisschen nach Mandeln.

Die Kerne sammelten sie, machten Weitwurfwettbe-
werbe mit ihnen, legten Muster im Sand oder zähl-
ten, bis sie hundert davon hatten.

Eine 'Sandkastenliebe', so sagten die Erwachsenen.
Ein Herz und eine Seele.

Doch die Kinder brauchten keine Worte dafür. Es
fühlte sich an, als würden sie sich schon immer kennen. Sie verbrachten lange Nachmittage zusammen,
im Garten, am See, im Haus, wenn es draußen regnete und es Zeit war, drinnen zu spielen. Sie waren
wie Geschwister, so nah, so vertraut.

All das war plötzlich in Karolinas Kopf. Der Garten,
die Aprikosen, Benedikt. Als wäre es erst gestern gewesen. Dabei waren doch so viele Jahre vergangen.

Sie verbrachten damals einige Aprikosensommer
miteinander. Bis Karolinas Familie wegzog, weit weg,
hoch in den Norden. Der Vater hatte eine neue Ar-
beitsstelle angenommen, und nun gab es keine Aprikosensommer mehr. Anfangs schrieben sie sich noch
Briefe, doch irgendwann schlief die Brieffreund-
schaft ein.

Karolina hing ihren Gedanken nach. Sie legte den braunen, fast glatten Aprikosenkern in ihre Handfläche und schloss die Hand um ihn. Fast so, als wäre er ein wertvolles Erinnerungsstück.

Wie Bruder und Schwester hatte es sich angefühlt. Sie hatte sich immer einen großen Bruder gewünscht und die Nähe zu Benedikt genossen. Unbeschwert taten sie all das, was auch Geschwister miteinander tun. Lachen und Weinen, streiten und sich versöhnen, sie spielten miteinander und waren sich ganz nah, wenn sie in warmen Sommernächten im Garten im Zelt lagen. Sie waren Kinder, glückliche Kinder in wunderbaren Aprikosensommern.

Sie wurden größer im Lauf dieser Sommer, aus kleinen Kindern mit aufgeschürften Knien und schmutzigen Füßen wurden hoch aufgeschossene Teenager mit schlaksigen Armen und Beinen. Jugendliche waren sie inzwischen, keine Kinder mehr. Doch immer noch wie Geschwister, so nah, so vertraut. Da war kein Platz für andere Gefühle. Oder doch? Was wäre gewesen, wenn sich ihre Wege nicht getrennt hätten?

Der Aprikosenkern rutschte Karolina aus der Hand und glitt zu Boden. Das leise Geräusch des Kerns, der auf den Steinen aufkam, riss sie aus ihren Gedanken. 'Eigentlich schade, wenn man sich so aus den Augen verliert', dachte sie, hob den Kern auf, steckte ihn in ihre Hosentasche und machte sich auf den Heimweg.

Die Erinnerungen an die Aprikosensommer ließen Karolina auch in den darauffolgenden Wochen nicht los. Jedes Mal, wenn sie zufällig den Hosentaschenkern berührte, erwachten die Bilder in ihrem Kopf erneut zum Leben. Schließlich fasste sie einen Entschluss, setzte sich an ihren Laptop, tippte Benedikts Namen ein und hatte nach ein paar Sekunden seine aktuelle Anschrift samt Telefonnummer. Er wohnte noch in der alten Gegend, nur ein paar Dörfer weiter war er gezogen.

„Ist doch nichts dabei, man kann sich doch einmal wieder austauschen. Wie es so geht, was man so macht. Ganz unverbindlich und unkompliziert", redete sich Karolina ein. Die Gefühlsregungen, die die Erinnerung an früher, an ihre Aprikosensommer, ausgelöst hatte, wollte sie nicht wahrhaben.

Der erste Anruf von Karolina, nervös und mit feuchten Händen, verlief von Benedikts Seite überrascht, aber sehr freundlich und endete mit dem Versprechen, sich bald wiederzusehen, um Geschichten von früher auszutauschen und um sich zu erzählen, wie die Lebenswege so verlaufen sind.

„Ich bin demnächst beruflich ganz in der Nähe", behauptete Karolina beim nächsten Telefonat. „Da würde es mit einem Treffen ganz wunderbar passen. Vielleicht bei einem Abendessen beim Italiener?"

Sie verabredeten sich für die übernächste Woche.

Die Vorfreude, die sich in Karolina breit machte, überlagerte die zwiespältigen Gefühle und die Zweifel, ob es richtig war, sich mit Benedikt zu treffen. Schließlich war sie seit geraumer Zeit in einer festen Beziehung und Benedikt seit einem Jahr verheiratet, wie er ihr am Telefon erzählt hatte. Aber es ist doch nur ganz unkompliziert und unverbindlich, sprach sie sich innerlich wie eine Art Mantra Bestätigung zu. Und man könnte doch über die alten Zeiten plaudern und alles wäre locker und entspannt. So wie früher auch. Mehr nicht.

Die Tage vergingen und da Karolina beruflich stark eingespannt war, hatte sie wenig Zeit, ihren Gedanken nachzuhängen. So hatten auch die leise aufkommenden Zweifel keine Möglichkeit, sich in ihr breit zu machen. Es gab ja auch gar keinen Grund für Zweifel - oder doch?

Es war ein gemütliches italienisches Restaurant, der Tisch am Fenster war für zwei Personen gedeckt. Karolina wählte den Platz mit Blick zur Eingangstür, gab dem Ober ihren Mantel und nahm Platz. Sie blätterte in der Speisekarte und setzte den Kellner darüber in Kenntnis, dass sie mit der Bestellung noch warten würde, bis ihre Begleitung eintraf. Heimlich blickte sie in ihren Schminkspiegel, um sicherzugehen, dass sich kein Lippenstift auf ihren Zähnen befand. Sie strich die Tischdecke glatt, entfernte dann mit einer wischenden Handbewegung ein paar unsichtbare Brösel.

Nach einiger Zeit fragte der Ober erneut nach, ob sie nun doch vorab etwas zu trinken bestellen möchte. Sie entschied sich für ein Glas Prosecco und nippte daran.

Karolinas Handy summte. Sie strich über das Display und sah, dass Benedikt geschrieben hatte. Sicher verspätet er sich, dachte sie. Wahrscheinlich steht er im Stau.

Sie öffnete die Nachricht.

Liebe Karolina, es tut mir leid, aber ich werde nicht kommen. Es ist besser, wenn wir uns nicht wiedersehen. Ich habe in den letzten Wochen viel nachgedacht, hatte aber nicht den Mut, es anzusprechen. Unsere Aprikosensommer von früher waren so wunderbar und so vertraut. Aber es macht mir Angst. Angst, dass ich dieses Gefühl wiederhaben will. Wir sind nicht mehr die Kinder von damals. Glaube mir, es ist besser so. Bitte hab Verständnis. Benedikt.

Karolina legte das Handy auf den Tisch und atmete tief durch. Eine verwirrende Mischung aus Traurigkeit, Enttäuschung und Erleichterung machte sich in ihr breit. Aprikosensommer. Es gibt keinen Aprikosensommer mehr. Man kann die Zeit nicht zurückdrehen. Und Vergangenes ins Hier und Jetzt holen kann man auch nicht. „Wahrscheinlich hast du recht, und es ist besser so", flüsterte Karolina.

Sie winkte den Ober heran, um zu bezahlen. Den restlichen Prosecco trank sie in einem Zug. Er schmeckte irgendwie nach Aprikosen.

Lilli

Kathrin Hamel

Freitag, der Dreizehnte. Ausgerechnet heute soll die Entscheidung fallen. Seit Tagen hat Max über meinen Aberglauben gespottet. Im letzten Moment verliert er selbst die Nerven. Ruf du an, bittet er, und streckt mir den Telefonhörer entgegen.

Meine Hände sind feucht, als ich danach greife. Meine Finger zittern, während ich die Nummer wähle. Mein Herz schlägt bis zum Hals, meine Kehle ist wie zugeschnürt.

Das Freizeichen läutet eine Ewigkeit. Endlich meldet sich Frau Schmidt.

Der Anruf kam vor fast neun Wochen. Wir waren spät nach Hause gekommen. Beiläufig hörte ich die Nachrichten auf dem Anrufbeantworter ab. Und hielt plötzlich inne. „Hier ist Frau Schmidt", sagte die Stimme, „können Sie bitte morgen früh zu mir kommen? Es gibt Neuigkeiten."

„Max!", rief ich, und meine Stimme überschlug sich. „Max!"

Zusammen hörten wir die Nachricht noch einmal ab.

„Schon?", fragte Max, „das kann doch gar nicht sein. Wir haben ja nicht mal den Kurs abgeschlossen. Wir sind doch noch nicht dran."

Er hatte Recht. „Mit zwei Jahren müssen Sie rechnen", hatte Frau Schmidt uns damals gesagt, „mindestens. Und Sie haben ja auch zu tun."

Das konnte man wohl sagen. Wir mussten den Antrag schreiben, Lebensberichte einreichen, Heiratsurkunde, Führungszeugnisse, Passbilder, Verdienstbescheinigungen, ärztliche Atteste. Einzelgespräche, Gruppengespräche, die Schulungsreihe. Der Personalbogen, Fragen über Fragen. Wie leben Sie? Wie haben Sie sich kennengelernt? Was schätzen Sie aneinander? Welche Rollenverteilung haben Sie in Ihrer Partnerschaft, welche Erinnerungen an Ihre Jugend? Welche Vorstellungen von Erziehung? Und schließlich: Darf das Kind farbig sein? Behindert? Die leiblichen Eltern alkohol-, drogenabhängig? Psychisch krank? Straffällig? Aggressiv? Fragen, Fragen, 22 Seiten Fragen.

„Was soll das?", hatte ich Max gefragt, normale Eltern werden doch auch nicht auf Strich und Faden geprüft, die bekommen ihr Kind einfach. Und diese Fragen nach dem Kind? Die machen mir Angst."

Abend für Abend hatten wir zusammengesessen, nachgedacht, Antworten abgewogen, aufgeschrieben und wieder verworfen. Vor die rosaroten Wolken unserer Sehnsucht hatten sich Nebelschwaden des Zweifels geschoben. Schreiben wir Wünsche auf? Und wenn nicht: Was trauen wir uns zu? Und dann die Schulungen, in denen sie uns warnten: Alles könnte noch so wundervoll sein in den ersten Jahren, aber dann käme die Pubertät. Sie nannten uns Quoten, wie viele Familien wieder auseinanderbrächen.

„Wir sind doch noch nicht dran", wiederholte Max.

Und doch es war dieser Anruf, auf den wir gewartet hatten. Der uns gleichzeitig vor Glück taumeln ließ und vor Panik erstarren. Von einem Mädchen erzählte uns Frau Schmidt am nächsten Morgen, erst drei Tage alt. Die Mutter hätte gleich nach der Geburt das Krankenhaus verlassen.

„Haben Sie sie kennengelernt?", fragten wir. „Wie ist sie?"

„Nett, antwortete Frau Schmidt, sehr nett. Rote Haare hat sie", fuhr sie fort und lächelte mich an, „da habe ich gleich an Sie gedacht. Sie arbeitet auch im Labor."

„Darum sind wir schon dran?", fragte Max. „Jetzt schon, nach einem halben Jahr? Und die anderen im Kurs?"

„Wenn es passt, sagte Frau Schmidt, gibt es keine Reihenfolge."

Perplex schauten wir einander an. 'Zufall', dachte ich, 'Fügung, Schicksal? Das ist irre: Wer welches Kind bekommt, liegt allein in der Hand dieser kleinen, entschiedenen Frau'.

„Was denken Sie, fragte ich, wird sie es sich anders überlegen?"

Frau Schmidt zögerte. „Ich glaube nicht", antwortete sie dann und fing meinen flehenden Blick auf. „Ich denke wirklich, sie bleibt dabei. Aber ganz genau weiß man das nie. Acht Wochen hat sie Zeit, sich doch für das Kind zu entscheiden, das wissen Sie ja."

Im Krankenhaus sahen wir es das erste Mal, das Kind, das von nun an unser Leben bestimmen würde. Lilli, so zart war sie, so verletzlich. So klein ihr Köpfchen, roter Flaum auf weißem Laken. Unendliche Zärtlichkeit durchströmte mich, mein Herz wollte sich öffnen. Doch genauso groß war meine Furcht: Was ist, wenn nicht? Acht Wochen. Was, wenn die Frau es sich anders überlegt?

Die Schwester legte mir Lilli in den Arm. Steif saß ich auf dem Stuhl, wagte nicht, mich zu rühren. Lilli begann zu weinen. Max machte es besser. Auf seinem Arm beruhigte sie sich, mit jeder Minute, die sie an seiner Brust lehnte, wurde sie sanfter.

„Sie spürt Ihren Herzschlag, sagte die Schwester, Ihre Wärme."

Lilli sollte noch mindestens eine Woche im Krankenhaus bleiben. Eine Woche, in der wir zur Hochform aufliefen. All die Unterlagen, all die Wege. Nur das Nötigste, zunächst. Arbeitgeber, Krankenkasse. Windeln, Babykleidung, das Kinderzimmer.

Das Kinderzimmer hatte sich Frau Schmidt schon vor Wochen angesehen. War durch den Raum geschritten, der ganz leer war, bis auf einen einzigen Kleiderschrank. Hatte alles schweigend auf sich wirken lassen und wohl wie wir versucht, sich hier ein Kind vorzustellen. Hatte die Wände gemustert, sonnig gelb gestrichen, und aus dem Fenster gesehen. Ihren Blick prüfend über den Spielplatz schweifen lassen, den wir in unseren Fragebögen angegeben hatten.

„Wir wissen ja noch nicht, wann es kommt", hatte ich kleinlaut gesagt.

„Und was es wird", hatte Max ergänzt.

Und dann stürmte Lilli in unser Leben und wirbelte alles durcheinander. Jeden Tag besuchten wir sie im Krankenhaus, freuten uns über jedes Gramm, das sie zunahm. Konnten uns kaum von ihr trennen und waren insgeheim doch ein bisschen froh über den Aufschub, der uns blieb. Waren unterwegs in Möbelläden, Drogerien und Babyausstattern. Schraubten abends Regale zusammen und bauten die Wickelkommode auf. Max' Bruder brachte uns ein altes Kinderbett und kistenweise Babykleidung. Verzückt saßen wir auf dem neuen Teppich und packten die winzigen Teile aus, denen unsere Nichte gerade erst entwachsen war, strichen sie vorsichtig glatt und stellten uns Lilli darin vor.

Endlich der Tag, an dem wir Lilli abholen durften. Wir zogen ihr die mitgebrachte Kleidung an und stellten fest, dass selbst Größe 50 noch zu groß für sie war. Die Tür des Krankenhauses fiel hinter uns ins Schloss, auf einmal standen wir allein da. Lilli sah verloren aus in der Babyschale und zerbrechlich. Schier überwältigt waren wir von der Verantwortung für dieses Kind, das jetzt unseres war – und doch noch nicht unseres.

So oft stand ich in den nächsten Wochen an Lillis Bett und konnte mein Glück kaum fassen. Doch immer dann, wenn mein Herz sich öffnen wollte, bedingungslos lieben, schoben sich Zweifel wie ein schützender Riegel davor.

Stundenlang trug ich Lilli in einer Tragetasche auf dem Bauch durch die Wohnung. Ich fragte mich, ob sie meine Zerrissenheit zwischen Herz und Verstand spürt, Liebe und Angst, dem 'Ich-gebe-meine Tochter-nie-mehr-her' und dem 'Und-was-wenn-doch'. Und hoffte so sehr, dass sie nichts als Nähe spürte und Wärme und Liebe.

Niemand sah uns an, dass Lillis Wurzeln nicht die unseren waren.

„Oh wie süß", hauchten fremde Menschen verzückt, und starrten in den Kinderwagen. Solch schöne rote Locken, ganz die Mutter. Beim Spaziergang, beim Arzt, in der Krabbelstunde, wir waren mittendrin, Eltern unter Eltern. Und doch fühlte ich mich tief im Innern wie eine Hochstaplerin mit diesem Kind, das ich nicht geboren hatte. Fühlte mich, als spielten wir nur Familie und das Spiel könne jederzeit beendet werden.

Die Sonne schien durchs offene Fenster, malte helle Streifen auf mein Gesicht, weckte mich. Ich holte Lilli zu uns ins Bett. Ganz still lag ich neben ihr, Körper an Körper. Fühlte ihre Wärme, spürte jeden ihrer Atemzüge.

'Was haben wir für ein Glück gehabt', dachte ich, und dann: 'Doch wie fragil ist dieses Glück'.

Acht Wochen. 56 Tage. Unendlich viele Stunden, in denen die leiblichen Eltern Zeit haben, Lilli zu sich zu holen. Ein Damoklesschwert, das unser Schicksal jederzeit wenden kann.

Freitag, der Dreizehnte. Zwei Uhr, drei Uhr. Ich finde nicht in den Schlaf zurück. Vier Uhr. Die Nacht franst an den Rändern aus. Ich stelle mir Lillis Bauchmama vor. Liegt sie jetzt auch wach? Ringt sie noch mit ihrer Entscheidung, die Unterschrift beim Notar zu leisten, die die Nabelschnur endgültig durchtrennt? Oder ist sie sich sicher, sehnt wie wir Klarheit herbei?

„Ruf du an", bittet Max, und streckt mir den Telefonhörer entgegen. Meine Hände sind feucht, als ich danach greife. Meine Finger zittern, während ich die Nummer wähle. Mein Herz schlägt bis zum Hals, meine Kehle ist wie zugeschnürt. Das Freizeichen läutet eine Ewigkeit. Endlich meldet sich Frau Schmidt. Max dreht sich um, legt den Kopf in den Schoß. Nimmt nicht wahr, wie ich befreit aufatme, wie mein ganzer Körper sich entspannt. Ich umarme ihn.

„Sie hat unterschrieben", jauchze ich. „Die Dreizehn ist unsere Glückszahl, alles wird gut."

Morgen früh, wenn ich will,

wirst du wieder geweckt

Stefanie Gregg

Er öffnete die Augen und fühlte sich zerschunden. Seine Gedanken zähflüssig, als wollten sie noch nicht mit ihm aufwachen. Seine Glieder schmerzten. Sein ganzer Körper war kaum beweglich. Was war geschehen, wo war er? Dann lösten sich die Gedanken wieder auf und er tauchte in den angenehm wolkig-weichen Nebel des Schlafs.

„Markus", hörte er durch die Wolkenwand. Geflüstert, sehnsüchtig, liebevoll. „Markus." Ein Geruch, den er glaubte zu kennen, im Gegensatz zu diesem Namen. Noch einmal forttauchen. Es war zu früh zum Aufstehen, noch ein wenig schlafen.

Wieder schlug er die Augen auf. Verschwommen näherte sich ihm das Gesicht eines Engels: Goldene Locken, weiße Haut, rote Wangen. Gerne würde er diese Haut berühren, sie musste so weich sein wie die Wolken, in die er immer wieder zurückfiel. Voller

Anstrengung kniff er die Augen zusammen, das Engelsgesicht wurde noch klarer, noch schöner, noch engelhafter. Aber seine Hand ließ sich nicht hinführen zu dem himmlischen Gesicht. Warum nicht? Der Nebel hinter ihm war so weich. Nur noch einmal kurz ausruhen, Kraft schöpfen, dann erneut zu dem Engel auftauchen.

Diesmal spürte er, bevor er sah. Federgleich auf seiner Haut. Die Wange entlang, die Haare aus seinem Gesicht streifend, über seinen Kopf streichelnd, so sanft. Auf keinen Fall in den Nebel zurück. Augen öffnen. Der Engel war da. Immer noch. Ein Traum, und doch keiner. Ein Seufzer, überirdisch, erleichtert, liebend. „Markus, siehst du mich?"

Meinte sie ihn?

Er versuchte zu antworten, doch seine Stimmbänder spielten nicht mit. Ein heiseres Röcheln.

„Pscht", sie legte den Finger auf seine Lippen. „Nicht sprechen. Die Beatmungsschläuche. Kannst du blinzeln?"

Er wusste es nicht genau, aber vermutete es, als sie sich weinend an seine Brust schmiegte. „Markus, du schaffst das, komm zu mir. Ich liebe dich.“

Das war schön, das war sehr schön. Markus, das war wohl er.

Tage, Nächte, sie zogen an ihm vorbei, sie bekamen Konturen, einmal konnte er sogar drei Nächte hintereinander zählen, dann wusste er nicht mehr weiter. Langsam erkannte er mehr: das weiße Krankenzimmer, das leichte Piepsen der Überwachungsgeräte, an die er angeschlossen war, die wechselnden Krankenschwestern, die groben Pfleger, die ihn schmerzhaft bewegten. Alles wurde deutlicher, und unangenehmer. Nur sie wurde immer schöner.

Sie erzählte ihm jeden Tag etwas vom Leben dort draußen. Das Wetter, es sei Frühling geworden, sagte sie, die Luft milde, ideal zum Spazierengehen, die Krokusse blühen. „Kroküsschen“, sie lachte und küsste ihn auf den Mund.

Um zu ihr zu kommen, begann er zu kämpfen und entriss sich selbst der taumelnden Müdigkeit.

„Wie heiße ich?", war sein erster kaum verständlicher Satz, als sie ihm die Schläuche aus dem Hals entfernten. Die sonst raue Krankenschwester lächelte ihn an. „Markus Kartner." Sie hob seinen Kopf und schüttelte das Kopfkissen aus.

„Und wie heißt sie?"

„Ihre Frau?"

Er nickte.

„Da muss ich erst nachsehen." Mit seiner Krankenakte kehrte sie zurück und verriet es ihm: „Annabelle."

Bei der täglichen Visite bat ihn der Arzt, den er mittlerweile auch öfter gesehen und wiedererkannt hatte: „Heben Sie den Arm." Tatsächlich gelang ihm dies so weit, dass er einen Blick darauf erhaschen konnte. Weiß und schwach.

„Nun die Beine."

Das schien schwer. Der Arzt nickte und blickte dann zur Krankenschwester. „Wissen Sie, wie Ihre Frau heißt?"

Er musste sich nicht mühen. „Annabelle. Meine Frau heißt Annabelle."

Verwundert zog der Arzt die Augen hoch und sah fragend zur Krankenschwester, die bestätigend nickte. „Und wissen Sie auch, wie Sie heißen?"

„Markus Kartner", antwortete er schnell und bestimmt.

„Erstaunlich", murmelte der Arzt. „Bis morgen, Herr Kartner", verabschiedete er sich dann.

An der Tür diktierte er der Krankenschwester in die Krankenakte. „Retrograde Amnesie. Vermutlich irreparabel. Prognose, dass alte Erinnerungen kommen, schlecht. Aber Kurzzeitgedächtnis kommt. Ausnahmepatient!"

Markus verstand.

Als Annabelle wiederkam, bat er sie, ihm seine Vergangenheit zu erzählen. Sie lachte glücklich und brachte ihm von da an jeden Tag etwas mit. Süße Kinderfotos eines braunhaarigen Jungen mit Lederhose, der verschmitzt in die Kamera lächelte. Sie erzählte ihm von seinem nicht wohlhabenden, aber liebevollen Elternhaus. Beide Eltern gestorben, erfuhr er, keine Geschwister. Von seiner Grundschulzeit, Abitur und Studium wusste sie kaum etwas. „Wir haben uns im Beruf kennengelernt. Du warst ein junger Betriebswirt in der Firma, ich in der Personalabteilung." Sie lachte. „Es schlug bei uns beiden ein wie ein Blitz." Daran hatte er keinen Zweifel.

„Wie war ich?" Er stützte sich auf und saß halb aufrecht. Das konnte er mittlerweile. Sie kurbelte sein Bett hoch, so dass sie sich gerade in die Augen sehen konnten.

„Du bist immer ein wundervoll liebenswerter Mann gewesen. Sanft, warmherzig. Alle mochten dich." Sie zögerte. „So warst du nicht nur. So bist du."

Weiter, weiter, weiter, alles wollte er wissen. Keine Kinder, leider, es hatte nicht geklappt, eine Träne hatte sie dabei in ihren Augen, die er sanft fortwischte. Viel gearbeitet habe er immer und dafür hätten sie nun ein kleines sicheres Vermögen. 49 sei er, sie 44. Irgendwann folgten auch die schweren Erklärungen, die sie ihm geben musste. Arbeiten würde er wohl nicht mehr können. Laufen nur schwer. Aber sie habe die Lösung gefunden. Ihr gemeinsames wundervollstes Urlaubsziel sei die Toskana gewesen und über Jahre hatten sie sich ein kleines Bauernhaus dort gekauft und restauriert. „Wir wollten immer dorthin ziehen, sobald wir in Rente gehen. Dort können wir leben, Markus. Hier wären die Pflegekosten zu hoch, aber dort können wir es bis an unser Lebensende schaffen. Wir beide zusammen."

Markus war erleichtert, denn dies war für ihn eine wunderbare Lösung. Er musste auch keine Bekannten sehen, die er ja alle nicht wiedererkennen würde. Dort in der Toskana, wo er wohl immer schon leben wollte, zusammen mit ihr sein Leben verbringen. Alles war gut.

Nach einiger Zeit wurde er in die Reha verlegt und kämpfte um seinen Körper, der langsam an Kraft gewann. Er war ein liebenswerter Mann, wie sie es gesagt hatte, und alle mochten ihn, besonders die Damen. Aber Annabelle war sein Engel, war es immer gewesen, sie war erhaben, seine Göttin. Nie könnte ihn eine andere Frau ernsthaft interessieren. Das war schon immer so gewesen und würde immer so sein.

Während er gesünder wurde, verkaufte sie ihre gemeinsame Wohnung und fuhr in die Toskana, um alles vorzubereiten und sein Zimmer 'behindertengerecht' zu gestalten. Nie sah er sie dabei traurig, verzweifelt oder unglücklich, wozu sie doch bei diesem Schicksalsschlag allen Grund gehabt hätte. Was für eine starke Frau er hatte.

„Wie ist es eigentlich geschehen?", fragte er, als sie im Park der Klinik auf einer Bank saßen und wie immer Händchen hielten.

Sie seufzte. „Du bist mit einem Freund gefahren. Einem, der immer zu viel trank und dennoch mit seinem Sportwagen fuhr. Obwohl ich nie wollte, dass du etwas mit ihm unternimmst, seid ihr ab und an zusammen ausgegangen." Sie stockte. „Er war viel zu schnell, es hat euch einfach aus der Kurve getragen, ihr seid direkt auf einen Baum geknallt."

„Und er?"

„Ist tot."

Eine Zeitlang hing eine drückende Stille zwischen ihnen in der Luft.

„Wir lassen es einfach hinter uns. Morgen geht es los, in die Toskana. Wir beginnen ein neues Leben, ein zweites, wundervolles Leben!"

Draußen auf dem Parkplatz der Klinik ließ sie sich erschöpft auf den Sitz ihres Autos sinken.

‚Ein zweites, wundervolles Leben'. Ja, sie würden es schaffen. Sie hatte es geschafft. Alles, was sie sich seit Jahren erträumt hatte.

Wie hatte sie eine Welle des Widerwillens erfasst, wenn ihr Mann mit dem Geruch seines langweiligen Buchhalterlebens in den Flur hineinschlurfte. Sie war immer hübsch gewesen, wie nur hatte sie sich damals auf Markus einlassen können? Wenn Victor, sein Freund aus Studientagen, hereinkam, flutete der Duft der großen weiten Welt mit herein. Er sprühte vor Charme, vor Leben und vor Sexappeal. Einmal hatte Victor fast eine Stunde vor der Zeit geklingelt, zu der Markus immer heimkam. Ob er das bewusst getan hatte, wusste sie bis heute nicht. Keine fünf Minuten hatte es gedauert, bis sie mit ihm auf der Couch gelandet war, keine zwei weiteren, bis sie beide nackt waren, aber etwas länger, bis sie erschöpft voneinander ließen. Kurz bevor Markus kam, saßen sie wieder angezogen mit leicht geröteten Wangen auf dem Sofa.

Danach träumte sie davon, dass Viktor kommen würde, um es Markus sagen. „Ich will sie, deine Frau, sie gehört zu mir."

Aber er kam nicht. Immer nur pünktlich zu den Ausgehtagen mit Markus. An ihr zeigte er kaum Interesse, während sie sich verzehrte nach ihm, vor Liebe.

Was dann geschah, konnte sie selbst nicht erklären. Die Polizei kam und übermittelte ihr die Nachricht vom Autounfall. Ihr Mann liege lebensgefährlich verletzt im Krankenhaus, sein Beifahrer sei tot. Der Polizist fuhr sie in die Klinik und begleitete sie bis ins Krankenzimmer. Sie stürzte auf den Mann im Bett zu, sah ihm in das zerschundene Gesicht, legte dann ihren Kopf auf seine Brust und sog den geliebten Duft ein.

„Ich muss es Sie noch fragen, der Form halber. Der andere Mann ist ...", er zögerte, „kaum zu erkennen. Dies ist doch Ihr Mann, nicht wahr?"

Vor lauter Schluchzen konnte sie nichts sagen, doch hielt sie seine Hand fest umkrampft.

Der Polizist zog leise die Tür hinter sich zu.

Und nun würde alles gut, alle Träume wahr. Sie hatte ihn, den Schwarm aller Frauen, ihren Traummann, er gehörte ihr ganz allein. Und war so, wie sie es sich gewünscht hätte, erträumt hatte, liebenswert, liebevoll, nur und ausschließlich sie liebend. Sie hatte ihn sich nach ihren Träumen erschaffen.

Ein wundervolles Leben begann jetzt. Sie musste nur achtgeben, ihn nie mit Victor anzusprechen.

„Morgen früh wecke ich dich wieder, mein Markus."

Barfuß im Pyjama

Kerstin Harpaintner

Lass mich dich lieben … mein Flieger geht morgen … bitte, gib mir die Chance … egal wie und wo, ich will dich, wie du bist … Lass mich dich lieben!

Tropfend nass wache ich auf. Ein Blick auf den Wecker verrät mir, ich hätte drei weitere kostbare Stunden zu schlafen. Doch mir ist klar, auch in dieser Novembernacht werden Kopf und Herz mir keine Ruhe lassen.

Das Mondlicht zeichnet die Silhouette neben mir. Ich stütze mich ab und lehne mich hinüber – zu meinem Ehemann. Dicht an ihm sauge ich seinen Duft in mich auf. Seine ausströmende Atemluft trifft auf meine Haut. Ich versuche, das zu verhindern, es gelingt nicht, ein eiskalter Schauer durchströmt mich. Hörbar schnappe ich nach Luft. Sein Körper zuckt, reflexartig weiche ich zurück. Er darf nicht aufwachen.

Warum ist es bei ihm anders? Warum ist er anders? Liegt es an mir?

Ich muss raus hier, sonst werde ich verrückt. Mit einer achtsamen Bewegung richte ich mich auf. Die nackten Füße berühren den Fliesenboden. Ich wollte ein Dielenparkett aus geöltem Eichenholz, mein Wunsch interessierte nicht. Wenn Kälte und Fußsohlen sich treffen, ärgere ich mich jedes Mal mehr.

Beinahe zwei Jahre ist es her, dass er beim Weihnachtsessen mit der ganzen Familie vor mir auf die Knie ging. Wohlwissend, ich war nicht dafür bereit. Alle glaubten, es gibt nur eine richtige Antwort. Ich erinnere mich nicht, Ja gesagt zu haben. Aus Angst, ihn zu blamieren, schwieg ich. Vor dem Traualtar antwortete ich, was von mir erwartet wurde. War es der Tag, an dem ich mein Leben den anderen überlassen habe? Ein bildhübsches Paar, auf sämtlichen Fotos. Makellos. Und glücklich?

Der Schädel brummt, es ist unmöglich, einen klaren Gedanken zu fassen. Lautlos schleiche ich über den frostigen Boden und verschwinde durch die Tür. Nicht im selben Raum zu sein, reicht für den Moment, um freier zu atmen.

Ich gehe die Treppe nach unten, nehme das Handy von der Kommode und biege zur Küche ab. Der Kühlschrank ist größer als ich, Eiscrusher inklusive. Ich wollte dieses Monstrum nicht, warum ist es hier? Ich öffne die Tür. Früher habe ich das Kribbeln der Kohlensäure im Hals geliebt. Heute trinke ich stilles Wasser, weil seine Mutter meint, es sei gesünder. Verschlafen betrachte ich den Inhalt des halb leeren Megatowers und greife nach dem Orangensaft. Ich lehne die Stirn an die polierte Edelstahlfront. Die letzte Kraft weicht aus mir, und ich sinke zu Boden. Mit Gewalt zwinge ich den Brustkorb, sich zu bewegen, damit die Lungen ihre Arbeit verrichten können. Zum Glück bin ich zum Weinen zu müde. Ich schließe die Augen, versuche, alles um mich herum zu vergessen. Mir ist klar, wohin es führt, und dennoch erteile ich meinen Gedanken die Freigabe, an die vergangene Samstagnacht zu denken. Ich konzentriere mich nur darauf. Ich atme den Geruch, höre die Musik und es ist, als wäre ich wieder dort …

Zehn Minuten zu früh lehne ich an der Marmorsäule neben dem Eingang. Ich bin dabei, mir den Nagel des rechten Ringfingers abzubeißen. Rasch lasse ich den Arm fallen und leere das Champagnerglas bis auf einen bescheidenen Rest in einem Zug. Ich bin versucht, mir ein zweites Glas zu bestellen. Die Stimme in meinem Kopf hindert mich: Verschwinde, bevor es zu spät ist! Ich schiebe den Gedanken beiseite, will davon nichts hören. Die Kälte des Marmors lenkt ab. Sie sucht sich den Weg durch das trägerlose rote Kleid. Der fließende Stoff endet knapp unter dem Gesäß. Eine Haarspange hält die Haare locker zusammen. Außer der schlichten silbernen Halskette und der schmalen Uhr trage ich keinen Schmuck.

Von hier aus lassen sich die rund einhundert geladenen Gäste in diesem so unwirklich erscheinenden Schloss diskret beobachten. Ich schaue zum dritten Mal nach oben, um auszumachen, wie weit die Decke entfernt ist. Schätzungsweise auf halber Höhe sind zahlreiche Lautsprecher und Scheinwerfer angebracht, darüber hinaus erkenne ich nichts. Einer der Strahler, der den Raum in eine wohlig orangegelbe Wärme taucht, blendet mich. Ich senke den Blick, trinke den letzten Schluck Champagner und stelle das Glas auf einen der Stehtische, die aus alten Eichenfässern gefertigt sind. Ich verlagere das Gewicht vom linken auf den rechten Fuß und zurück. Noch fünf Minuten. Noch genug Zeit, zu gehen!

In diesem Augenblick setzt die Musik ein. Ich drehe den Kopf und bemerke ein paar Meter von mir entfernt jemanden, er steht allein. Mein Blick wandert von den im dezenten Licht glänzenden Schuhen zur dunkelblauen Jeans, hinauf zum weißen Hemd mit hochgeschlagenen Ärmeln. Ich schlucke schwer, der Mund ist staubtrocken. Er ist da, lehnt an der Wand und sieht direkt zu mir. Ich brauche einen Moment, um weiter nach oben zu schauen. Sein Blick trifft wie ein Blitz und ich stehe regungslos da.

Er lächelt kurz und kommt auf mich zu. Keine Spur von Eile. Jeder Schritt beschleunigt meinen Puls. Seine Lippen formen ein lautloses Hi, ich bin nicht im Stande, zu antworten. Der Geruch von Pfefferminz und – frischem Tabak holt mich zurück. Er hat geraucht; er ist aufgeregt. Ich kneife die Augen zusammen. Seine coole Fassade bröckelt. Er kratzt sich am Hinterkopf und schaut zu Boden, fängt meinen Blick auf und zuckt hilflos mit den Schultern.

Ich versuche nicht, mir das Schmunzeln zu verkneifen.

Mit den schwarzen Pumps bin ich beinahe mit ihm auf gleicher Höhe. Mir ist klar, die durchdringenden Augen werden mich heute Abend nicht mehr unbeobachtet lassen. Behutsam streift sein frisch rasiertes Kinn meine Wange und er gibt mir einen Kuss. Tausende elektrisch geladene Funken strömen in jede einzelne Faser meines Körpers, es ist ein einziges Feuerwerk. Ich fröstle, obwohl ich vor Hitze glühe. Die dabei mitschwingende Warnung ignoriere ich. Wenn ich in Gegenwart von diesem fast Fremden je einen Hauch Kontrolle über mich hatte, ist davon so gut wie nichts mehr übrig.

Ich strecke die Hand nach ihm aus und halte dem Blick stand, ich muss sehen, was es mit ihm macht. Bei der Berührung weiten sich seine Augen. Langsam lasse ich zwei meiner Finger den mit Gänsehaut überzogenen Arm hinuntergleiten und umschließe seine Hand. Sie ist kühl und etwas rau und erwidert den Druck.

Ich zeige in Richtung Tanzfläche. Er zieht die rechte Braue hoch. Nach kurzem Zögern folgt er mir, ohne sich von mir zu lösen. Ich suche uns den Weg hinein in die Menge und wende mich ihm wieder zu. Unsere Augen finden sich einmal mehr. Er umfasst meine Hüfte, das Kribbeln ist ungebrochen. Mit Mühe bewege ich die Beine, damit sie den lateinamerikanischen Rhythmen folgen.

Ich fange an, mich zu drehen, sein Blick gleitet an mir entlang. Ihm gefällt, was er sieht, er starrt mit offenem Mund. Mit dem Grinsen im Gesicht und einem verkrampften Magen schreit die Stimme in mir: Geh endlich! Doch mein Herz weiß längst, ich werde bleiben.

Der Raum ist erfüllt von blumigen Parfümnoten, vermischt mit herben Nuancen. Sie ergeben mit der rauchigen Luft eine betörende Komposition. Ich werfe den Kopf in den Nacken und drehe mich, weiter und weiter, die Arme schwingen mit. Jetzt begreift der Verstand, er kann gegen mein Herz nicht siegen. Eine bleischwere Last fällt von mir ab. Ich lache, losgelöst und frei, alles in mir vibriert. Ich schließe die Augen und ziehe ihn an mich, bis ich seine Wärme am ganzen Körper spüre. Wir bewegen uns eng umschlungen. Die leicht kühle Nasenspitze kitzelt mein Ohr und ein hauchendes, kaum hörbares „Lass mich dich lieben" dringt hinein. Ehe ich in der Lage bin, die Augen zu öffnen, berühren seine Lippen die meinen …

Die Arme auf den Beinen abgestützt sitze ich auf dem Küchenboden. Der ungeöffnete Orangensaft steht neben mir. Ich drücke auf den Bildschirm des Handys. Das Licht schmerzt in den Augen. In mir herrscht Chaos und die Nachricht von gestern Nachmittag hat es bis zur Unerträglichkeit gesteigert:

Mein Flieger geht morgen um 8:30 Uhr, One-Way. Ein Wort von Dir und ich bleibe. Egal wie und wo, ich will Dich, wie Du bist.

PS: Gib mir die Chance, Dich zu lieben!

Mein Daumen streicht über jeden einzelnen Buchstaben. Die Worte hallen in meinem Kopf. Ich stehe auf, öffne den Kühlschrank und tausche den Saft gegen die Wasserflasche mit Kohlensäure, die unseren Gästen vorbehalten ist. Ich drehe sie in der Hand – egal wie und wo –, fahre das Etikett ab – ich will dich –, und fühle die ungleichmäßige Oberfläche –, wie du bist. Es zischt und ich setze an. Das Prickeln umspült meine Kehle. Jeder Schluck macht mich lebendiger. Ich höre nicht auf, bis der Hals vor Kälte und Säure schmerzt, die Flasche ist leer. Ich stelle sie zurück an ihren Platz. Dann tippe ich ein paar Worte ins Handy, drücke auf senden, schreibe noch etwas und schicke auch das weg. Ich gehe zur Garderobe, greife nach Portemonnaie und Autoschlüssel. Vor der offenen Haustür halte ich inne, ehe ich das letzte Mal dieses Haus verlasse. Barfuß, im Pyjama.

Am anderen Ende der Stadt erscheint eine Nachricht im Display:

Wenn Du mich liebst, steig in das Flugzeug.

Gleich darauf noch eine: Ich werde neben Dir sitzen.

Partikel

Daniel Mylow

Wo das, was sie fühlte,
am feinsten und schmerzlichsten war,
da dachte sie: Ich werde glücklich sein.

Clarice Lispector

Novemberlicht. Ins Einsame geht ihr Blick. Durch die weißen Schwaden der Luft, in der losgelöste Blätter taumeln, Scherben eines verschwundenen Ganzen. Nebelland. Sie sieht auf die Überreste eines angebrochenen Frühstücks. Als hätte jemand mit schwachen Bleistiftstrichen drei Gedecke zwischen Tellern mit Obst, Käse, Marmelade und Brot drapiert und in ein kaltes blaues Zwielicht gesetzt.

Du. Ein Wort hätte genügt. Sie hätte sich in den Tag gewendet, aber auch so fällt ihr nach einer Weile ein, dass zwischen ihrem Platz am Frühstückstisch und der weißen Morgendämmerung draußen vor den

Fenstern nichts ist als winzige Staubteilchen, die in der Luft zu flirren beginnen, wenn sie sich bewegt.

Kobaltblauer Staub. Sie steht auf und räumt und räumt. Irgendwann dann ist es Vormittag, meist ist das die Zeit, in der sie feststellt, dass etwas fehlt, und es fehlt immer noch und man kann es sehen, ausgestreckt und über den Rand stürzend bis an den leeren Horizont.

Sirrende Müdigkeit. Sie geht durch den Park und geht, die sauerstofflose Leere in ihrem Kopf. Die Wohnung, drei Zimmer, Küche, Bad, sieht auf den Park, der dem teuren Stadtviertel in B. schattige Stille schenkt, das seid ihr uns wert, hatten die Schwiegereltern gesagt, als sie ihnen das Stadtappartement vor drei Jahren, Yannis war gerade geboren, zur Hochzeit schenkten.

Es ist Mittag. Die Luft bewegt das helle Licht, das den Kindergarten eingesponnen hat. Kinderfüße rascheln durch das Laubmeer, während das Auto, in dem sie sitzt und wartet, fensterlos wird und sich füllt mit Abholsätzen, Kinderlachen und einem Geruch nach Marzipan und Minze, weil Yannis Haut und seine Haare und sein Atem nach Marzipan und Minze riechen.

Was ist los? Du sagst ja gar nichts, erzähl doch mal, was du alles gemacht hast. Im Kindergarten.

Das Auto bewegt sich durch die Stadt, an Häuserfronten entlang, die sie an zerbrochenes Eis erinnern, während sie sich vorstellt, wie es wäre, in einem anderen Leben in der fahlen Helle hinter einem jener Fenster zu sitzen und zu warten und zu warten.

Der Himmel ist erschöpft. Dabei ist es erst Nachmittag, am Nachmittag spielt das Kind. In seinen Augen hält sich der letzte Rest des Tages, so lange, bis der Vater nach Hause kommt und der dunkelblaue Schatten des Abends vor den Fenstern steht und sie irgendwann das Gefühl hat, durch eine Fotografie zu wandern, die sie keinem Jahr und keiner Zeit mehr zuordnen kann.

Die Anrufe werden weniger. Man stellt die gleichen Fragen, manchmal ändert sich die Reihenfolge. Nach einer Zeit weiß sie darauf nichts mehr zu antworten, und sie richtet sich im Schweigen ein, so wie man sich mit neuen Möbeln in einer neuen Wohnung einrichtet, bis die Anrufe ganz aufhören und alles um sie herum immer kleiner wird, sich auf Randstärke reduziert, weil der Platz, den wir mit unseren Erinnerungen in der Zeit einnehmen, immer um so vieles größer sein wird als der, den wir im Raum einnehmen.

Ein Streifen dünner grauer Luft. Lichtpartikel, die sich nach Einbruch der Dunkelheit in der leeren Wohnung zusammensetzen und wieder verflüchtigen, wie ein für Augenblicke greifbares Stück Wirklichkeit; am Abend klingelt manchmal eine Nachbarin, eine Frau von kleiner und gedrungener Gestalt mit alterslosem Gesicht und aschgrauem Haar, die sie an ihre Mutter erinnert, die Erinnerung ist so gegenwärtig, dass sie Blumen und Esskörbe, die die Nachbarin im Treppenflur für sie zurücklässt, wenn ihr Klingeln und Klopfen unbeantwortet blieb, noch inmitten der Nacht dem Mülleimer übergibt.

Wie hat das alles angefangen. Weil sie nachts nicht mehr schlafen kann, hat sie genug Zeit, sich solche Fragen zu stellen, von denen sie ahnt, dass andere sie ihr bald zu stellen beginnen. Du siehst Menschen, du redest mit Menschen, du wartest auf Menschen, die es gar nicht gibt, werden sie sagen und sie dabei so seltsam ansehen, als wäre sie nicht da, aber eigentlich hat es viel früher angefangen, vielleicht als sie eines Nachmittags nach Hause kam und da standen die beiden Polizisten vor einem dunkelnden Himmel und nachdem sie mit ihr gesprochen hatten, wobei sie ihre Mützen die ganze Zeit in ihren Händen drehten, hatte es für einen Augenblick nach Marzipan und Minze gerochen, und sie sprachen noch eine ganze Weile, während der Geruch allmählich verflog, und dann war sie plötzlich allein.

Sie stakst durch herabgefallene, welke Blätter. Immer wenn sie die Wohnung verlässt, fragt sie sich, woher der Widerhall ihrer Schritte kommt, von wo die Spiegelung des Lichts auf den dunklen Straßen.

Sie geht zu Bett, sie steht auf, sie räumt und wäscht und isst, sie benutzt Dusche und Toilette, sie kocht, immer für drei, sie spült, sie kauft ein, immer für drei, sie behält die Uhr im Blick, den Briefkasten, das Telefon, sie tankt das Auto, sie wartet vor dem Kindergarten, sie wartet am Esstisch, sie wartet, dass am Ende des Wartens etwas übrig bliebe, dass nichts mehr mit dem Warten zu tun hätte.

Ins Einsame geht ihr Blick. Je länger sich ihre Augen auf etwas konzentrieren, desto mehr zerfällt ihre Umgebung am Rand zu porös schimmernden Staubteilchen.

Sie sieht auf die Zeitungsausschnitte über den Unfall, den Stapel mit den Beileidsschreiben.

Jeden Abend scrollt sie sich am Laptop Bild für Bild durch die Jahre, in denen man das, was sie zusammenhielt, eine Familie nannte.

 Den Bildern gelingt es, Dinge sichtbar zu machen, die ihr vertraut sind, die sie aber gleichzeitig zu sehen verlernt hat. In dem Moment, wenn die Dinge selbstverständlich sind, ist sie sich ihrer nicht mehr bewusst. Manche Bilder machen sie lächeln. So plötzlich, dass sie denkt: Ich werde glücklich sein.

Findelfell

Julia Kersebaum

Ich beschließe Schluss zu machen.

Auf dem Heimweg. Den Blick auf die nassen Blätter auf dem Asphalt, die Hände in den Jackentaschen, in Gedanken bei seinem Schweigen. Am Frühstückstisch, beim Spazieren, auf langen Autofahrten.

Irgendwo unterwegs haben wir die Sprache verloren.

Mit Schaudern denke ich an die Feiertage, die auf uns zukommen, und an denen das Schweigen wieder unendlich laut sein wird.

Als ich in unsere Straße einbiege und mir gerade die passenden Worte zurechtlege, ein leises Fiepen.

In der Bordsteinbegrünung ein Bündel nasses Fell.

Ich sehe mich hilfesuchend um, meine Einkaufstüten sinken leicht im nassen Gras ein, es ist niemand mehr unterwegs. Helligkeit und Stimmen nur hinter verschlossenen Türen.

Ich hole den Schuhkarton mit den neu gekauften Stiefeln hervor, stecke die Stiefel lose in die Tüte und hebe das Fell auf das pinkfarbene Einwickelpapier. Wieder Fiepen. Ich denke: Vielleicht das letzte.

Zumindest lässt sich der Schuhkarton problemlos begraben.

Vor der Haustür bricht der durchnässte Boden der Tüte, und meine neuen Stiefel fallen die Treppe hinunter in ein Vorgartenbeet.

Einen Moment schaue ich ihnen nach, dann trage ich den Schuhkarton ins Wohnzimmer, wo er auf dem Sofa sitzt und ein Buch mit Gedichten liest, in denen alles fault. Blumen, Liebe, Gedanken. Ihn scheint es nicht zu stören.

Ich stelle also den Schuhkarton neben ihm ab, gehe wortlos meine Stiefel einsammeln und atme im Hausflur auf, während ich meinen Mantel abstreife und nach den Worten suche, die ich mir zurechtgelegt hatte.

Als ich aufsehe, steht er mit dem Schuhkarton in der Hand in der Wohnzimmertür und sagt: „Da drin atmet etwas."

Nach dem Abendessen werfen wir einen Blick in den Karton. Immer noch atmen.

Er fragt: „Sollen wir zum Tierarzt fahren?"

Ich sage: „Ich weiß nicht, ob heute einer aufhat."

Er nickt abwesend. Vielleicht in Gedanken bei den fauligen Gedichten.

Als wir ins Bett gehen, ist das nasse Fell fast getrocknet. Vorsichtig tauschen wir das durchweichte Packpapier gegen ein trockenes Handtuch ein.

Als ich am nächsten Morgen aufwache, ist seine Seite des Betts bereits leer. Ich werfe einen Bademantel über und folge den leisen Geräuschen in die Küche.

Er steht an der Arbeitsplatte und drückt eine Leberwurst in einer Schüssel Milch aus, dann vermischt er beides zu einem sämigen Saft und füllt es in die Tortengarnierspritze. Über den Schuhkarton gebeugt, drückt er vorsichtig auf den Spritzenbeutel.

Kaum hörbares Schmatzen.

Ich nähere mich vorsichtig und schaue ihm über die Schulter.

Das Fell ist jetzt hart und struppig. Winzige Pfoten halten sich gierig an der Tülle fest und fordern mehr rosafarbene Pampe.

Ich sage: „Was für ein Frühstück.“

Er sagt: „Ich hab' Kaffee gekocht.“

Als wir uns zum Mittagessenkochen in die Küche begeben, hört das leise Schnarchen im Karton auf und wird durch ein Kratzen am Deckel abgelöst.

Er öffnet den Schuhkarton, dann beginnt er mit dem Kartoffelschälen.

Es dauert ein paar Minuten, bis das Fell sich über den Kartonrand wagt und humpelnd über den Küchentisch eiert.

Ich denke: „Nicht sehr hygienisch."

Er sagt: „Sieht besser aus als gedacht."

Das Fell wirft einen skeptischen Blick über die Tischkante, umrundet den Tisch und setzt sich schließlich in die Deckung der Salz- und Pfefferstreuer, um uns zu beobachten.

Wir gehen den alljährlichen Handgriffen nach. Als er die Gans mit Gewürzen einreibt, hebt das Fell die Ohren.

Dann das Scheppern des Ofens.

Ich ziehe die Eieruhr auf. Stetes Ticken zählt die Zeit ab.

Wir trinken noch eine Tasse Kaffee und beobachten das Fell, dem inzwischen wieder die Augen zugefallen sind.

Er sagt: „Die machen doch eigentlich Winterschlaf, oder?"

Ich zucke mit den Schultern.

Er geht ins Wohnzimmer, um zu recherchieren.

Ich hebe das Fell wieder in den Karton und schließe den Deckel.

Mit der Kaffeetasse in der Hand gehe ich ins Wohnzimmer und beobachte, wie er fast fieberhaft sucht. Ich ziehe das Mobiltelefon aus der Hosentasche und befrage Google.

Als er zu der Erkenntnis kommt, dass er Recht hatte, habe ich bereits Tipps gefunden, was wir nun unternehmen sollten. Schlagwort: „Auswilderung eines Findelkindes in die Winterruhe.“

Während die Gans gart, bauen wir aus einem alten Wäschekorb und dem Ofenholz, das wir seit Jahren nicht mehr angerührt haben, einen Unterstand.

In Gummistiefeln und dicken Jacken stehen wir im Vorgarten, während um uns herum in warmen Wohnzimmern Weihnachtslieder gesungen werden.

Wir kleiden den Wäschekorb mit alten Decken aus, verpacken ihn in wasserdichter Folie und vergraben ihn unter einem Stapel Holz und Ästen.

Als wir schließlich fertig sind und mit roten Wangen wieder ins Haus gehen, sagt er: „Erst mal ein Glas Rotwein."

Ich nicke zustimmend, hänge meine Jacke auf und öffne erneut die Liste mit den Tipps.

Es gibt noch viel zu tun.

Er sagt: „Die Kirche haben wir verpasst... willst du zur Nachtmesse?"

Ich schaue auf und bin mir ziemlich sicher, dass ich nicht so aussehe, als würde ich dort hinwollen. Er nickt nur.

Das Findelfell schlürft wieder Leberwurstsuppe.

Ich richte die Teller her und frage mich, warum wir uns an den anderen 364 Tagen im Jahr nicht so viel Mühe geben, unser Essen ansehnlich aussehen zu lassen.

Er sagt: „So ein aufregendes Weihnachten hatten wir ewig schon nicht mehr."

Die Tortenspritze in der Hand, sieht er mich lächelnd an.

Er sieht glücklich aus.

Am Weihnachtsmorgen ist der Deckel vom Schuhkarton leicht verschoben und die Kiste leer. Aufgeregt suchen wir erst die Küche ab, dann den Flur und das Wohnzimmer.

Ein Knacken im Weihnachtsbaum.

Zwischen zwei Metallästen sitzt das Findelfell, Plastiktannennadeln in den Pfoten, und sieht uns verwirrt entgegen, als würde es sagen: Komischer Baum.

Wir atmen auf.

Frühstück am Wohnzimmertisch, mit Blick auf Baum und Fell. Ab und zu wackeln die Kugeln oder die Glühbirnen der Lichterkette.

Als er mit der gefüllten Spritztüte winkt, kommt das Findelfell angewackelt. Es humpelt weniger, bilden wir uns ein.

Er sagt: „Was steht heute auf dem Plan?"

Ich hole die Liste hervor.

Am Neujahrstag sitzen wir verkatert am Küchentisch und starren in unsere Kaffeetassen.

Das Findelfell ist nun seit drei Tagen in seinem neuen Nest untergebracht und seitdem nicht wiederaufgetaucht.

Auch das kleine Buffett, das wir neben dem Verschlag aufgebahrt haben, ist noch nicht angerührt.

Er murmelt: „Ich hoffe, es geht ihm gut …"

Mein Kopf brummt, und ich nicke nur und denke an den vergangenen Abend, der lustig war wie seit Ewigkeiten nicht mehr. Ich denke: 'Weil wir etwas zu erzählen hatten. Wie seit Ewigkeiten nicht mehr'.

Unsere Freunde haben zugehört und die Köpfe geschüttelt. „Unglaublich, sowas." - „Habt ihr keine Angst vor Ungeziefer?" - „Was wenn ihr es jetzt nicht mehr loswerdet?"

Er sagt: „War ein schöner Abend gestern … vielleicht ein bisschen zu viel Wein."

Ich nicke langsam, nippe am Kaffee und hebe dann den Kopf. Bewegung im kahlen Apfelbaum. Das Findelfell klettert an den dünnen Ästen hinauf und steigt ins Vogelhaus ein.

Er folgt meinem aufgeregten Blick und Fingerzeig und gemeinsam schauen wir zu, wie das Fell hin und her zuckt. Schließlich klettert es wieder hinunter, hechtet durch den kleinen Garten und verschwindet in seinem Luxus-Nest.

Er lacht auf, nickt langsam und sagt dann: „Das glaubt uns keiner."

Wir fahren mit dem Auto zu seinen Eltern.

Die Fahrt ist überraschend kurz. Wir lachen viel. Über die Vögel, die sich wundern werden, wer ihnen die guten Sachen klaut, und über das Findelfell.

Er sagt: „Nächstes Jahr könnten wir eigentlich mal wieder einen echten Baum holen ..."

Ich nicke langsam, schaue hinaus und sage: „Falls wir wieder unerwarteten Besuch bekommen."

Er sieht mich an und sagt: „Oder einfach für uns."

Die Reise

Andreas Weidmann

Als er in den Zug einstieg, tat er es so weit vorne wie möglich, obwohl es außerhalb der Bahnhofshalle in Strömen regnete und er die kalten Tropfen durch seine schütteren Haare unangenehm auf der Kopfhaut spürte. Der Waggon roch nach Desinfektionsmittel, und man sah noch die Streifen, die der Staubsauger auf dem graublauen Teppich hinterlassen hatte. Er wählte einen Einzelsitz, links in Fahrtrichtung, genau in Waggonmitte, weit genug entfernt von Toilette und Kofferbereich, zog den Mantel aus, hängte ihn an den Haken an der Oberkante des Fensterrahmens und drückte ihn in die Spalte zwischen Fensterglas und Sitz, so dass die dunkelblaue, neutral riechende Wolle seinem empfindlichen Kopf eine Zuflucht bot.

Wie immer hatte er nichts weiter dabei, als einen aus Leder und Leinen gefertigten Rucksack, der die notwendigsten Dinge eines alleinlebenden und stets auf das Wesentliche konzentrierten Mannes in mittleren

Jahren enthielt, der es sich leisten konnte, in Bewegung zu bleiben und so von der Welt einen halbwegs erträglichen Abstand zu halten. Jeden Tag nahm er einen anderen Zug, jede Nacht ein anderes Zimmer in einem anderen Hotel, und die Erinnerungen an die Zeit dazwischen schienen ihm akzeptabel. Er setzte die Kopfhörer auf, lehnte den Kopf gegen Fenster und Mantel, blickte auf den von den Regentropfen an der Scheibe verschlierten Bahnsteig, und mit dem Einsatz des Cellos verlor die Umgebung an Bedeutung.

Ein unsanfter Stoß gegen seinen Ellbogen riss ihn aus seiner Abgeschiedenheit. Er zog den Arm von der Lehne, richtete sich auf, unter seinen Kopfhörern, noch gehörlos für die Umgebung und doch mit einem Mal unmittelbar von der Welt entblößt.

Der kleine Mann lächelte entschuldigend und schob den großen Koffer, der auch längs kaum zwischen die Stuhlreihen passte, an Malte vorbei in Richtung der Kofferregale zum Ende des Waggons. Hinter ihm tappten weitere drei Männer in Anzügen und Krawatten mit Hartschalenkoffern. Die Haltegriffe und Rollen klackerten, und als sie umständlich und schwerfällig und nach feuchter, länger getragener

Wäsche riechend an Malte vorbeizogen, stellten sie mehrere Papiertüten auf den kleinen Tisch in der Vierersitzgruppe neben ihm.

Malte spürte den intensiven Impuls zu fliehen, hinauszuspringen in die menschenleere Weite des vom Regen glänzenden Bahnsteigs, doch die plötzlich sauerstofflose Enge des Waggons und die sich bereits wieder nähernden Männer, die allesamt leicht schwankten, obwohl der Zug noch gar nicht fuhr, drückten ihn in seinen Sitz.

Diesmal roch er auch den Alkohol und den Wirtshausdunst, der aus ihren Anzügen aufstieg, und obwohl er sich ganz zwischen Lehne und Fenster zurücknahm, streiften sie ihn doch wiederholt mit Ellbogen und Knien, während sie sich unter allerlei Bemerkungen und unter Bewahrung der auf dem Tisch stehenden Tüten in die Sitzgruppe neben ihn zwängten.

Der Zug ruckte an, der Bahnsteig fiel immer schneller zurück, und Malte versuchte, sich auf die vorbeihuschenden Schwellen und den Lauf der Schienen des Parallelgleises zu konzentrieren, doch trotz der Musik aus den Kopfhörern nahm er das Knistern und Rascheln und Klirren wahr, und dann roch er Frittierfett und Bier und hörte, wie der Korken knallend aus einer Flasche Wein glitt.

Er begann durch den Mund zu atmen, während er gleichzeitig krampfhaft aus dem Fenster starrte. Doch im nächsten Tunnel verkürzte sich sein Blick, er sah das Spiegelbild in der Scheibe, sah sein eigenes, graues und faltiges Gesicht mit der tiefen Kerbe zwischen den geraden Brauen, dahinter die Männer auf der anderen Seite des schmalen Ganges, die gerade die Flaschen hoben, um sie in der Luft über dem Tisch mit metallischem Missklang aneinander zu stoßen, und das wiehernde Gelächter nach dem ersten Schluck schickte kleine Wellen verdorbener Luft zu ihm herüber.

Ohne ihr Palaver zu unterbrechen, verteilten die vier Reisenden die großen und kleinen Styroporschachteln und Plastikbesteck aus den vor ihnen gestapelten Tüten. Dampf stieg aus den runden Suppenbehältern auf, und der Fettgeruch durchdrang Malte wie eine aufwallende Übelkeit. Seine allumfassende Irritation verwandelte sich in blankes Entsetzen, als sich die Essgeräusche in den miasmatischen Dunst der Speisen mischten wie feiste Maden, die sich zu

Tausenden durch ein großes Stück verdorbenen Fleisches wühlten. Er drehte an der Lautstärke der Cellosonate, doch das Gezirpe der schmatzenden und saugenden Lippen, das hohle Schlürfen der um die Esswerkzeuge gerollten Zungen und das rumpelnde Aufstoßen der in der Hast geschluckten und mit Kohlensäure vermengten Luft blieben ihm so nahe, als säße er inmitten einer intimen Séance.

Er versuchte verzweifelt, sich auf das Thema der sechsten Suite zu konzentrieren, deren Tonart so besonders von der Ausnahme der vorgespannten fünften Saite des Instrumentes geprägt war, er drehte den Kopf seitlich zum Fenster und atmete abwärts in seinen Mantel, doch mit dem nächsten Takt kam erneut ein unsanfter Stoß in seine Flanke, als der Reisende sich aus dem Sitz direkt neben ihm wuchtete und zugaufwärts in Richtung der grünen WC-Lampe wankte.

Malte schnellte in die entstandene Lücke, Mantel und Rucksack schon im Arm, den Kopfhörer halb herabgewischt um den Hals, den Blick starr auf den Boden gerichtet, und während er zugabwärts hastete und all die leeren, sauberen Sitze passierte, rann die

Wut an ihm herab wie kochendes Wasser über den Rand eines zu kleinen Topfes.

Er spürte die Blicke der Männer, die trotz ihrer von Alkohol beeinträchtigten Wahrnehmung ahnen mochten, dass sie ihn aus ihrer Mitte vertrieben hatten, und dass er seine Reise durch die Welt nun ihretwegen unterbrach.

Er erreichte die Tür und blickte zurück. Sie saßen verstummt und reglos vor geöffneten Dosen von Nüssen, die sie sich zuvor minutenlang johlend gegenseitig in den Mund geworfen hatten, und die Flasche, deren bloße Entkorkung Malte so nachhaltig gestört hatte, ehe man dem warmen Wein blank und reihum zusprach, stand leer und fettig auf zerquetschten Styroporschachteln.

Malte griff nach dem roten Bügel unter der Decke und zog ihn mit einem Ruck zu sich herab, während er sich breitbeinig hielt, und mit dem metallischen Kreischen der Bremsen, das fast unmittelbar mit dem typischen Geruch schmorender Beläge verbunden war, breiteten sich Erstaunen und ungläubiges Begreifen auf den Gesichtern der Reisenden aus. Der kleine Mann, der Malte beim Einsteigen angerempelt hatte und der während der Fahrt ununterbrochen ein unangenehmes zuzelndes Geräusch zwischen Zunge und Zähnen hervorgebracht hatte, als prüfe er immer wieder eine Zahnlücke, verschluckte sich in der plötzlichen Entschleunigung des Zuges an einer zuvor von seinem Gegenüber in die Luft geworfenen Walnuss, und kam unter dem Eindruck der sofort begriffenen Lebensbedrohung schwankend aus seinem Sitz empor.

Der Zug kam ruckend und mit schrillem Quietschen zum Stehen. Malte griff sich den gummiummantelten kleinen Hammer aus der Halteschale an der Wand, drückte die Notentriegelung aus der Verplombung und schwang sich, als die Tür mit einem Seufzen der Hydraulik zögernd aufklappte, auf das Gleisbett hinab. Regen und Wind ließen seinen Mantel flattern, und er hatte einige Mühe ihn anzuziehen, doch dann schlang er die Aufschläge um sich, warf den Rucksack über und ging mit schiefem Schritt auf dem Schotter der Dammschräge den Waggon entlang bis zu dem Fenster in der Mitte, den Hammer in der Faust. Er stellte sich auf die Zehenspitzen und blickte ins Innere des erleuchteten Zuges. Seine Augen mit der steilen Falte dazwischen spiegelten sich im vom Regen verschlierten Glas wie

zuvor, und als er mit aller Kraft auf die Scheibe ein-
schlug und das Spinnennetz der Risse sich knisternd
ausbreitete, fiel der kleine Mann mit blaurot ange-
laufenem Gesicht und hervorquellenden Augen in
die Überreste des Banketts zwischen seine erschro-
ckenen Gefährten, die Hände nutzlos um die Kra-
watte gekrallt.

Champignons im Glas

Juliane Pickel

Auf einmal will Martha vom Sterben nichts mehr wissen. Dabei hat sie sich früher auf ihr Ende gefreut wie andere auf einen Urlaub. Sogar einen Koffer hat sie gepackt, der steht in ihrem Flur. Falls es sehr plötzlich losgehen sollte. Martha ist nicht krank oder so – nur alt. So wie ich. Und sie hat keine Lust mehr.

„Iss jetzt auch mal gut!", sagt sie immer.

Die Sache mit den Champignons kam im Radio. Der Sender war schmutzig eingestellt, deshalb klang der Sprecher wie ein Amateurfunker, aber ich hörte genug: Es ging um 'Hollmanns Champignons, Erste Wahl in Scheiben' und darum, dass Aldi sie zurückhaben wollte.

Ich bin natürlich sofort zu Martha rüber. Sie war noch im Hausanzug, die fedrigen Haare voller verschlafener Nester. Früher waren ihre Haare weich wie flüssige Seide, sagt sie immer. Weil er nicht dafür

gesorgt hat, dass das so bleibt, hat sie mit Gott gebrochen.

„Hast du deine Champignons schon gegessen?",
habe ich sie gefragt. Manchmal isst sie schon welche
zum Frühstück. Martha liebt Glasgemüse, ein bisschen mehr, als normal ist, vielleicht. Es erinnert sie
an früher. Erbsen, Möhrchen, zur Not Spargel, aber
nicht so gern. Am liebsten Champignons.

„Wieso? Willst du welche ab?"

„Du kannst die nicht essen", hab ich gesagt, „da sind
Glassplitter drin!"

Seitdem ist Martha nicht mehr dieselbe.

„Stell dir vor, du hättest das nicht gehört!", sagt sie
dauernd und malt sich aus, wie sie beim Schlafen innerlich verblutet wäre. Sie hat einen sehr festen
Schlaf.

„Das war knapp!", sagt sie immer wieder.

Knapp sitzt jetzt auch ihre Hose. Es ist eine von diesen engen Laufhosen, die heute alle tragen, auch
wenn sie nur zweimal im Jahr um den Block laufen.
Obenrum leuchtet Martha polyestrig grün. Sie sieht

ein bisschen aus wie eine gealterte Schaufenster-
puppe von Karstadt Sport. Das sage ich ihr aber
nicht.

Sie hat mich aus dem Bett geklingelt. Noch halbblind
habe ich auf den Knopf der Gegensprechanlage gedrückt. „Waldlauf!", knisterte ihre Stimme zu mir in
den zweiten Stock. Sonst läuft Martha allerhöchs-
tens bis zum Bäcker.

Es ist nicht mal neun. Ich bin nur mitgegangen, weil
ich nun schon mal wach war, und das ist am Vormittag nicht immer ein Vergnügen. Vormittage sind voller Löcher, in die mir die Stimmung fällt, wenn ich
nicht aufpasse. Ich habe Tabletten dagegen, riesige
blassgelbe Kapseln, die ich kaum runterkriege, aber
die stehlen mir meine Erinnerungen, das kann ich
nicht leiden, es gibt ja so wenig Nachschub. Und an
irgendwas muss man ja denken beim Einschlafen.

„Riechst du das?", fragt Martha im Wald, zieht asth-
matisch die Luft ein und meint „das Leben in seiner
Ursprünglichkeit". Ich rieche überhaupt nichts.

'Horizont' ist ihr neues Lieblingswort. Dass man
drüber weggucken müsse, behauptet sie. Früher hat

sie höchstens über ihren Tellerrand weggeguckt, direkt in den Fernseher hinein. Jetzt hört sie lieber Nachrichten und sorgt sich um Europa und das Klima. Sie findet, dass ich ein besseres Bewusstsein brauche. Ob mir eigentlich klar ist, dass für jeden Q-Tipp, den ich mir in meine Ohren schiebe, irgendwo ein Meeresvogel qualvoll stirbt.

Samstags essen wir schon immer beim Jugoslawen, auch wenn der inzwischen ein Italiener ist. Wir bestellen immer das gleiche. Seit unsere Männer nicht mehr da sind (meinem fehlte eine Herzklappe, Marthas das Rückgrat), sind wir zusammengerückt wie Kühe auf einer Weide im Winter. Das letzte Stück gehen wir zusammen, da müssen wir nicht groß drüber reden.

Aber jetzt glaubt Martha plötzlich sogar wieder an die Liebe, dabei ist sie sich dafür eigentlich schon lange zu schade.

„Die Liebe macht nur Dreck und traurig", sagt sie immer. Aber jetzt: „Es könnte jeden Tag vorbei sein – das muss man sich mal klarmachen!"

Früher hat sie sich nie irgendwas klargemacht. Das lief bestens.

Dass ihre Zeit eventuell nicht mehr reicht, um auf den Richtigen zu warten, weiß Martha allerdings auch, also fragt sie die Männer in der Nachbarschaft, ob die mit ihr ausgehen, die geschiedenen, die Witwer – und die, zu deren Ehe sie 'kein gutes Gefühl' hat.

„Du kannst doch nicht einfach Herrn Schmelter zum Essen einladen", sage ich ihr. „Der ist doch verheiratet!"

Aber Herr Schmelter hat schon Ja gesagt. Als ich am Sonntagnachmittag mit zwei Stück Stachelbeer-Baiser in Marthas Wohnzimmer komme (sonntags bin ich dran mit Kuchen), sitzt er da, wo ich sonst sitze, und streckt mir zackig eine große Hand mit nachlässig manikürten Nägeln hin.

„Schmelter", sagt er.

„Weiß ich doch", sage ich und lasse seine Hand in der Luft hängen. „Sie sitzen auf meinem Platz."

Martha kommt mit dem Kaffee und drei Tassen auf einem Tablett. Sie trägt ein neues Kleidungsstück, das nicht weiß, ob es Kimono oder Bademantel sein will.

„Schatz", sagt sie zu mir, „kannst du ausnahmsweise auf dem Stuhl sitzen?"

Ich stelle die Stachelbeer-Baiser auf den Tisch und setze mich auf den Stuhl, aber ganz vorne an die Kante.

„Es sind aber nur zwei Stücke."

„Wir können ja teilen!", schlägt Martha vor.

„Ich darf gar keinen Zucker", informiert uns Herr Schmelter.

„Sagt das Ihre Frau?", frage ich, und er wird ein bisschen rot und murmelt was von Diabetes.

Es kann sein, dass er früher einmal gut ausgesehen hat. Es sind aber nur noch Reste davon übrig.

Er redet lange über steigende Grundstückspreise und sieht mich nicht einmal an dabei. Martha drückt ein Gähnen weg und ihm den Arm. Ich gehe früher nach Hause als sonst.

Montags ist Wocheneinkauf bei Aldi. Wir gehen immer zusammen, weil Martha die Preise besser lesen und ich mehr tragen kann. Als sie nicht auftaucht, gehe ich allein. Ich gucke, ob es schon wieder Champignons gibt. Es gibt aber nur Spargel. Ich packe ein Glas in meinen Wagen.

„Sind da auch Glassplitter drin?", frage ich den Kassierer. Er schielt misstrauisch durch sein Kassengestell. Kein Humor, die jungen Leute.

„Ist er wieder da?", frage ich Martha an der Tür, als ich am Nachmittag zu ihr rübergehe.

„Nee", sagt Martha und schüttet den größten Teil des Kaffees auf meine Untertasse. Die Milch fehlt und auch sonst alles.

„Wo ist der Kuchen?", frage ich. Montags ist Martha dran mit Kuchen.

Sie sieht ratlos auf den Tisch. „Den habe ich ganz vergessen."

Das ist noch nie passiert. Wir haben aber sowieso beide keinen Appetit. Martha hat ganz rosige Wangen. Ich wusste gar nicht, dass das bei ihrem Gesicht noch geht.

„Ist dir nicht gut?", frage ich sie.

„Rainer war schon mal in Mozambique", sagt sie.

„Es gibt immer noch keine Champignons bei Aldi", sage ich.

„Nächstes Jahr will er nach Japan", sagt Martha.

„Nur Spargel", sage ich.

„Heute Abend gehen wir ins Theater", sagt Martha.

Früher hätten Martha keine zehn Pferde ins Theater gekriegt.

„Kommt seine Frau mit?", frage ich.

Mir ist etwas schwindelig. Ich habe das Gefühl, Rainer Schmelters Frau muss mich auffangen. Martha winkt ab.

„Das ist vorbei. Sie engt ihn zu sehr ein."

Erst auf dem Nachhauseweg fällt mir ein, dass heute Abend Günther Jauch ist. Den gucken wir immer zusammen. Martha rät immer falsch und behauptet, dass die richtige Antwort nicht dabei war. Wenn wir mal bis vierundsechzigtausend kommen oder weiter, überlegen wir, was wir mit dem Geld machen würden. Martha will einen Grabstein, der gleichzeitig Musikbox ist. Damit Besuch länger bleibt.

Ich esse den Spargel direkt aus dem Glas und fliege bei tausend Euro ausgerechnet bei einer Gemüsefrage raus. Dass Auberginen Nikotin enthalten können, wusste ich nicht. Das hätte Martha gefallen. Obwohl es Auberginen meines Wissens nicht im Glas gibt. Als der Fernseher aus ist, weiß ich nicht so richtig, wohin mit mir. Martha und ich besprechen ja immer noch nach.

Schließlich packe ich einen Koffer und stelle ihn in den Flur. Dann nehme ich die doppelte Dosis blassgelbe Kapseln und gehe ins Bett.

Am nächsten Morgen weckt mich die Klingel aus einem Traum, in dem Herr Schmelter einem Stück Bienenstich Insulin injiziert.

Vor der Tür steht Martha. Sie hat Kuchen dabei, obwohl es nicht Nachmittag ist und ich dienstags dran bin.

„Machst du mal Kaffee?"

Schlaftrunken setze ich Wasser auf.

„Alles ok mit Herrn Schmelter?“, frage ich sie.

„Ach“, sagt Martha und rammt ihre Gabel in den Kuchen.

„Iss jetzt auch mal gut.“

Nachts - Allein - Im Wald

Cornelia Koepsell

In den Wintermonaten gewöhnte sie sich an, nachts in den Wald zu gehen. Allein. Besonders in dieser Zeit hasste sie ihr Büroleben, das Abgeschnitten sein von der Natur, vom Himmel, dem Mond und den Sternen.

In den Sommermonaten konnte sie abends mit dem Fahrrad ihre Runden drehen, weil es lange genug hell war. Jedoch von November bis März wurde von den Menschen ihres Breitengrades erwartet, die meiste Zeit in geschlossenen Räumen auszuharren.

Seit Jahren fühlte sich ihr Berufsleben ähnlich an wie die Hamsterräder ihrer Kindheit, aber daran wollte sie nicht denken. Was brachte ihr die Erkenntnis, außer dass sie morgens noch schwerer aus dem Bett fand.

Fast schlagartig besserte sich ihre Stimmung, als sie begann, nachts in den Wald zu gehen.

In den ersten Nächten schlug ihr das Herz bis zum Hals, sie fror und schwitzte abwechselnd, wenn sie ihr Auto in der Nähe des Waldes parkte und einfach loslief, mitten hinein in die Schwärze. Sobald ihre Augen sich an die Dunkelheit gewöhnt hatten und auf das Licht der Sterne und des Mondes vertrauten, verschwand die Furcht so schnell wie eine davonlaufende Katze.

Eva wollte unsichtbar sein, mit der Dunkelheit verschmelzen. Manchmal hörte sie schon von weitem ein oder zwei Jogger herankeuchen oder sie sah das Licht ihrer Stirnlampen. Dann verließ sie den Waldweg, ging hinein in die Schatten, lehnte sich gegen den Stamm eines Baumes und wurde eins mit ihm. Noch nie war sie entdeckt worden.

Ihre Sinne waren aufs Äußerste geschärft, allein dieser Zustand war ungeheuer anregend, hatte sie doch während des Tages oft dieses abgestumpfte, betäubte Gefühl, dass ihr die Stunden des Lebens gestohlen wurden, mit ewiger Monotonie und Langeweile und immer gleichem Geschwätz.

An manchen Tagen verbrachte Eva auch große Teile der Nacht im Wald. Im Outdoor-Laden hatte sie sich einen Schlafsack besorgt, der selbst bei zwanzig Grad minus warmhielt, und eine auf engsten Raum zusammenrollbare Luftmatratze. Beides passte problemlos in ihren Rucksack, ohne dass jemand sah, beispielsweise die Nachbarn des Wohnhauses, in dem sie lebte, dass hier eine aufbrach mit den nötigen Utensilien, um die Nacht draußen zu verbringen.

Sie hatte eine riesige Tanne entdeckt, gleich neben dem Fluss, deren Äste dicht und weit herunterhingen und eine natürliche Höhle bildeten, in die sie hineinkroch, wie wenn es zurück in den Mutterleib ginge. Sie breitete die sich selbst aufblasende Luftmatratze aus, kroch in den Schlafsack, sah in den Nachthimmel und fühlte sich verbunden mit der Welt, den Sternen, dem Mond, der Luft, die über ihre Haut strich. Es war, als wenn sie zu einem Rendezvous ginge, zu einem Mann, den sie wirklich liebte und der dieses Gefühl erwiderte.

Manchmal ging sie zu einem Hochstand, breitete auf der Holzbank ihren Schlafsack aus und schaute über Stunden in die Nacht.

Es war ein kalter und nebliger Freitagabend. Eva hatte viel Zeit. Als sie die Leiter zum Hochstand emporstieg, spürte sie eine Energie, die sie vorher nicht bemerkt hatte. Etwas, das ihre Haut kribbeln ließ.

Oben angelangt sah sie schemenhaft eine Gestalt auf der Holzbank sitzen. Erschrocken wollte sie den Rückzug antreten, als eine angenehm klingende männliche Stimme sie ansprach.

„Hallo", sagte er, und sie blieb auf der vorletzten Sprosse der Leiter stehen. „Auch eine Nachteule?"

Eva antwortete nicht. Wartete.

„Keine Angst", sagte er. „Ich sitz hier nur so. Tut mir gut. Ein Gewehr habe ich auch nicht. Schieße niemanden ab. Weder Tier noch Mensch."

„Ich habe keine Angst", erklärte Eva. Es war die Wahrheit.

„Ja", sagte er. „Das stimmt. Ich rieche es. Wollen Sie sich setzen?"

Er rückte ein wenig zur Seite.

Eva ging nicht nachts in den Wald, um Menschen zu treffen. Trotzdem erklomm sie die letzte Sprosse und setzte sich neben den Mann auf die Holzbank. Sie schwiegen und schauten hinaus in die Nacht.

Nach ungefähr zwei Stunden brach Eva auf. Sie musste sich regelrecht losreißen, ein Teil von ihr wollte dableiben für immer und nie mehr weggehen.

Niemals in ihrem Leben war sie einem anderen so nah gewesen. Vielleicht vor ihrer Geburt, woran sie sich nicht mehr erinnerte. Jedoch nie einem Mann mit einer angenehmen Stimme und einem Duft nach Baum, nach Fell, nach Harz, nach Rauch und vielem mehr, ein Geruch, der sie einhüllte wie eine berauschende Droge. Wie er aussah, wusste sie nicht.

„Auf Wiedersehen", sagte er, als sie ging.

Es war keine Floskel, auch keine Frage. Es war eine Feststellung.

„Auf Wiedersehen", sagte Eva.

Es war keine Antwort. Es war ein Versprechen. Sie würde es halten. Unter allen Umständen. Er wusste es. Sie wusste es.

Bei ihrem dritten Besuch geschah es, dass Evas Hand sich selbstständig machte. Das Hirn hatte die Kontrolle verloren. Irgendetwas hatte den Hebel umgelegt. Die Gliedmaßen und ihre Schaltzentrale existierten nicht mehr als Einheit, sondern als zwei verschiedene Planeten. Als Verbindung gab es nicht mal einen Shuttlebus.

Niemals hätte Eva der Hand den Befehl zu einem solchen Vorstoß erteilt. Die fünf Finger tasteten sich einzeln und vorsichtig nach rechts, um auf dem Knie des Mannes auszuruhen. Nach kurzer Pause begannen sie die Umgebung zu erkunden. Erst da erkannte Eva und gestand sich ein, was ihre Hand ertastet hatte: Dass der neben ihr Sitzende nicht ausschließlich Mann war, zumindest unten herum, von der Hüfte abwärts, schien er anders zu sein. Ein Etwas mit Fell, wollig, struppig und noch weiter unten – nein, das waren keine Schuhe, auch keine Sonderanfertigung für Klumpfüße, das waren HUFE.

„Okay", dachte Eva. „Ein Faun. Halb Mensch. Halb Tier."

Plötzlich sprach er. Es war das zweite Mal, dass sie seine Stimme hörte. In ihrem Darm begann es zu rumoren. Die Poren ihrer Haut stülpten sich nach außen, als dieser Bass neben ihr ertönte. Seine Stimme war ein Bogen und sie die Geige, auf der er spielte, schluchzend, jauchzend und brummend.

„Ich bin kein Mensch", sagte er.

„Was denn sonst? Vielleicht ein Kühlschrank?",
fragte Eva und freute sich, dass sie ihre eigene
Stimme noch unter Kontrolle hatte. Vielleicht hatte
er nicht gemerkt, wie es um sie stand. Aber wollte
sie das? Wieder verweigerte das Hirn eine Antwort
und ihr Schoß schrie 'Nein'.

„Ich weiß nicht, wie man das nennt in der Menschen-
sprache. Untenrum bin ich ein Tier, ab der Hüfte ein
Mensch."

„Interessant" krächzte Eva.

„Ich will dich", sagte er.

„Das weiß ich doch längst", dachte sie. „Was glaubst
du, was ich will. Wenigstens fragt er. Ein höflicher
Faun."

Ihre Haut prickelte. Sie war so bereit wie seit Jahren
nicht mehr, so bereit wie in den ersten sexuellen
Träumen der Pubertät.

'Das ist doch alles Quatsch', dachte sich Eva, versuchte zumindest einen solchen Gedanken in ihrem
Kopf zu fixieren, 'ein Mann, halb Mensch, halb Tier,

so etwas gibt es doch gar nicht, wahrscheinlich träume ich'.

Ihre Hände entwickelten erneut ein Eigenleben, tasteten sich hinüber zu dem anderen, den sie in der Dunkelheit nur schemenhaft erkennen konnte. Wie eine Blinde erforschte sie sein Gesicht. Die Haut fühlte sich sehr weich und alt an, vielleicht neunzigjährig, jedoch die Lippen breit und weich wie Daunenkissen und als sie zwei Finger in seinen Mund schob, spürte sie die Zahnreihe eines noch jungen Mannes und eine kräftige Zunge, die sie hineinsaugen wollte, irgendwohin, wo es Vergessen gab.

Schnell zog sie die Finger zurück und schob die Hände unter den Stoff seines Hemdes, dessen Material sich anfühlte wie Moos, darunter eine breite menschliche Brust, fast vollständig behaart und Arme, die sie an sich zogen.

Sie konnte sich nicht wehren und wollte es nicht. Seine Hände, die ihr mit Leichtigkeit die Kleider vom Leib streiften, ein dunkler Jogginganzug, den sie bevorzugt für ihre nächtlichen Gänge in den Wald trug, Schlüpfer, Unterhemd, Schuhe, Socken.

Die Nachtluft strich über ihre nackte Haut. Eva fröstelte.

Da rieb er sie mit seinen Händen, die innen rau waren, bearbeitete ihren Körper von oben bis unten, nichts ließ er aus. Eva fröstelte längst nicht mehr. Ihre Haut brannte und schrie nach mehr.

Er umfasste ihre Hüften und setzte sie rittlings auf seinen Schoß. Eva spürte den weichen Pelz seiner Tierbeine an ihren Schenkeln. Als er sie so platzierte, wie beide es haben wollten, lösten sich ihre Gedanken auf in einem Feuerball.

Eva erwachte unter der Tanne in ihrem Schlafsack. Jeder Muskel fühlte sich weich und entspannt an. Der Morgen brach an. Sie packte ihre Habseligkeiten und ging nach Hause.

Und sie ging wieder in den Wald.

Und sie traf erneut ihren Liebhaber.

Und sie probierten alles aus

Und was sie miteinander erlebten, das war nicht von dieser Welt.

Die Wasserstelle

Heiner Rosch

Am Anfang, nach der Entschärfung, bin ich fast jeden Tag zur Wasserstelle, in der Hoffnung, sie wiederzusehen. Dann nur noch sporadisch. Wenn mich heute Freunde treffen wollen, was selten geschieht, dann schlage ich immer noch die Wasserstelle vor. Aber ich hoffe nicht mehr.

„Ich bin in das Haus direkt daneben gezogen", erzählte der alte Mann, „so konnte ich jeden Tag hoffen, dass ich ihr begegne, falls sie zurückkommt. Falls sie nach mir sucht. Und dann die Wasserstelle hier - vielleicht ist es ein Zufall, vielleicht aber nicht. Was weiß ich. Jedenfalls habe ich Wort gehalten. Ich war immer in der Nähe, ich war jeden Tag da." Er leerte sein Bierglas in einem Zug. „Die Hoffnung stirbt nicht." Das waren seine letzten Worte.

Doch von vorn.

'Zur Wasserstelle' war meine Stammkneipe. Ihren Namen hatte sie von dem alten Straßenbrunnen, einer gusseisernen Hebelpumpe am Bordstein, die tatsächlich immer noch funktionierte. Das Interieur war filmreif. Über der tiefdunklen Holzvertäfelung verloren sich die nikotinbraunen Wände in bläulichen Nebelschwaden, über denen die hohe Decke gerade noch zu erahnen war – gelüftet wurde höchstens einmal am Tag –, aus dem Radio plätscherte unabänderlich das Beste aus den Siebzigern und Achtzigern. Nie war es laut, an den Tischen wurde leise gesprochen, freundliches Lachen dann und wann, die meisten Gäste kannten sich. Der Wirt, der jeden Gast mit Vornamen ansprach, wusste um den Charme seines Ladens, halbjährlich zog er die Bierpreise an. Nach standesgemäßer Ausrufung der letzten Runde war spätestens um halb eins Schluss, da half kein Jammern, Betteln, Scherzen, Fluchen. Bis zu jener Nacht.

Der warme Augustabend floss träge dahin. Es war schon dunkel. Der langsam abebbende Lärm der Stadt erreichte uns drinnen nur als fernes Rauschen. Obwohl es in der Kneipe recht voll war, schlugen die Wellen nicht hoch, wir ließen uns treiben.

Plötzlich flog, wie ein Donnerschlag aus heiterem Himmel, mit einem Rumms die Tür auf und ein

Herkules von Polizist platzte in voller Kampfmontur ins Lokal. Alle Gespräche verstummten, alle Augen starrten ihn an. Aus dem Radio das Beste der Siebziger: „I Shot the Sheriff …“. Unpassend. Ohne den Blick vom Polizisten abzuwenden, tastete der Wirt hinter sich nach dem Lautstärkeknopf und drehte die Musik leiser.

„Schönen guten Abend – hier spricht die Polizei – also ich – also ich spreche für die Polizei – jedenfalls – wir haben auf der Baustelle gegenüber einen Blindgängerfund – der wird heute Nacht entschärft – wir sperren jetzt die komplette Straße – Sie haben fünfzehn Minuten Zeit, um das Lokal und die Sperrzone zu verlassen – ab jetzt – wir wissen nicht, wie lange es dauert – das kann eine halbe Stunde dauern – das kann aber auch die ganze Nacht dauern – Sie können auch hier drinnen warten, bis wir fertig sind – Sie sind der Wirt? - In fünfzehn Minuten ist der Laden zu, ob mit oder ohne Gäste! - Schönen guten Abend.“ Und er verschwand in der Nacht.

Alle Blicke wandten sich zum Wirt. Sein Blick wanderte ganz langsam, jedem einzelnen Gast in die Augen schauend, einmal durch die gesamte Kneipe. „Ihr habt gehört, was der Mann gesagt hat“, sprach er in die gespannte Stille. „Wer jetzt nicht geht, der bleibt!"

Alle Dämme brachen. Tosender Jubel brauste auf, nach einer Springflut von Bestellungen floss das Bier in Strömen und ergoss sich in einen Strudel der Heiterkeit. Niemand ging – alle blieben. Nachdem die Daheimgebliebenen telefonisch über die Zwangslage informiert waren, gab es nur noch uns. Die Stimmung war wie Silvester und Geburtstag und Fußballweltmeisterschaft an einem Tag. Alles wogte hin und her, jeder war jedem Quell der Inspiration und der geteilten Freude, keiner blieb an seinem Platz.

So landete ich schließlich am Tisch des alten Mannes. Kaum saß ich, da stellte mir die Kellnerin ein Frischgezapftes an den Platz. Merkwürdig. Seit wann gab es hier eine Kellnerin? Als ich mich verwundert nach ihr umdrehte, war sie bereits in der trubelnden Menge untergetaucht. Und noch etwas war seltsam hier, am Tisch des Alten. Es war so ruhig, die Stimmen der anderen, das Lachen, das Gläserklirren – alles war weit entfernt, ein Nachhall, nicht wirklich, nicht jetzt. Langsam drehte der Alte mir sein zerlebtes Gesicht zu, in dem viel Güte, aber keine Freude war. „Jetzt haben sie sie gefunden. Das ist unsere Bombe, die Bombe unter der Wasserstelle." Mit diesen Worten begann er, mir seine Geschichte zu erzählen.

Es war in den letzten Tagen des Zweiten Weltkriegs. Die meisten der Jungs hatten keine Eltern mehr und kein Zuhause. Sie lebten auf der Straße, überlebten durch kleine Gaunereien, fanden Unterschlupf in zerbombten Häusern, ständig in der Angst, den falschen Leuten in die Arme zu laufen, nur um auf den letzten Metern doch noch im Volkssturm verheizt zu werden. Trümmerratten nannten sie sich. Tagsüber schlugen sie sich meist allein durch, aber im Schutz der Dunkelheit kamen sie oft zusammen.

„Hier gegenüber war das", erzählte er. „Das Haus war ausgebombt, da war nur noch eine kleine Wohnung im ersten Stock. Und wie durch ein Wunder gab es da einen funktionierenden Wasserhahn, aus dem kaltes, klares Wasser kam. Da trafen wir uns. Wir nannten es die Wasserstelle."

Eine Hand umfloss plötzlich zärtlich meine linke Schulter, eine weiche Brust schwappte an meine Wange, und schon stand zu meiner Rechten ein neues Bier auf dem Tisch. „Trink das, das wird Dir guttun", hörte ich die einschmeichelnde Stimme der fremden Kellnerin sagen, und dann hauchte sie mir auf eine Weise meinen Namen ins Ohr, dass ich eine Gänsehaut bekam.

„Danke!" Mehr brachte ich nicht heraus, als ich aufschaute und zum ersten Mal ihre Augen sah. Alles war darin, alles, was ich mir je erträumt hatte. Wie lang unsere Blicke ineinander ruhten, weiß ich nicht. Im nächsten Moment verschwamm sie wieder mit dem Getümmel.

Kürzlich erst hatte ich vom Midas-Effekt gelesen. Durch flüchtige Berührung ihrer Gäste treiben Kellnerinnen demnach das Trinkgeld in die Höhe. Aber das hier fühlte sich anders an. Und außerdem gab es hier doch keine Kellnerin, so weit war ich doch schon.

Während ich aus meinen Grübeleien langsam wieder an die Oberfläche schwamm, hatte der Alte seine Geschichte weitererzählt. Es hatte wohl eine Art Party gegeben, an ihrer Wasserstelle.

„Früh am Morgen verließen die Letzten die Wasserstelle", fuhr er fort. „Und dann war da plötzlich dieses Mädchen, die hatte ich davor gar nicht bemerkt, und nun stand sie vor mir. Sie hieß

Undine, sagte sie. Wir sahen uns an und ich wusste, dass ich nie eine andere wollte als sie. Nicht vorher. Und nicht danach. Da haben wir uns gleich geküsst, so klar war das.“

Er blickte ins Leere, während ich versuchte, in der taumelnden Menge die Kellnerin zu finden, die keine war.

„Und dann gingen die Sirenen los – Fliegeralarm.“ Damit holte der Alte mich zurück. Was tun zwei frisch Verliebte in einer Welt am Abgrund? Sie halten sich aneinander fest. Die beiden krochen unter die verstaubte dicke Decke des Bettes, das noch in der Wohnung stand, und küssten sich und küssten sich und küssten sich, während ringsum die Bomben fielen. Einmal krachte es so nah, dass das Bett wackelte und unter Putz und Schutt vergraben wurde.

„Als der Lärm vorbei war“, erzählte er weiter, „da hatten wir Mühe, überhaupt wieder rauszukommen aus dem Bett, so voll war das mit Dreck. Und was wir sahen, war ein Loch in der Decke, ein Loch im Fußboden neben dem Bett, ein Loch im Parterre, und ganz unten im Keller, da sahen wir die Bombe liegen. Wir machten, dass wir so schnell wie möglich da rauskamen. Es war ein neuer Tag und das Leben ging weiter und wir mussten uns beide um alles Mögliche kümmern. Am Abend wollten wir uns wieder am Haus treffen. Falls es dann noch stand, hätten wir eine Bleibe gehabt. Was nicht gleich hochgeht, das bleibt liegen, sagten wir damals. 'Undine', sage ich noch zum Abschied, 'wenn der Krieg vorbei ist, will ich Dich heiraten' – 'Ja', hat sie gesagt. Und dann war sie weg. Und ich habe sie nie wieder gesehen.“

Der Alte sprach noch davon, wie es nach dem Krieg weiterging, als sich zwei Arme von hinten um mich schlangen. Die Kellnerin war zurückgekommen und knabberte an meinem Ohrläppchen. „Komm! Komm mit mir!“, lockte sie mich und zog mich fort.

„Die Hoffnung stirbt nicht“, hörte ich den alten Mann noch sagen.

Wir küssten uns und küssten uns und küssten uns. Um uns herum wirbelten die anderen Gäste bunt durcheinander. Es war schon hell, als die Polizei auftauchte. Die Bombe sei entschärft und wir könnten jetzt gehen. Es sei uns sogar dringend geraten zu gehen, korrigierte sich der Beamte, angesichts des Tohuwabohus, vor dem er stand.

Als alle raus waren, saß nur noch der alte Mann am Tisch. Er war friedlich eingeschlafen.

Ich war allein.

Wenn Du das hier liest, Undine, hol mich ab, von der Wasserstelle.

Meine Zigaretten mit Mariette

Andreas Hartmann

Ich lernte Mariette an einem dieser Abende kennen, an denen mich meine Unruhe anfällt. An denen ich rastlos die Wohnung durchstreife, alle möglichen sinnlosen Handgriffe ausführe und es damit nur schlimmer mache. Dann fliehe ich vor dieser Unruhe in die Nacht und laufe durch die Stadt. So wie damals.

Straßen und Häuser waren dick mit Schnee belegt. Viele Menschen finden diese winterliche Stille friedlich. Ich aber weiß: Das ist nicht das wahre Gesicht der Stadt – es gleicht einem Video mit Kaminfeuer, das häuslichen Frieden vortäuscht.

Ich streunte die knirschend weißen Straßen entlang, als Mariette mich durch das offene Fenster ihrer Erdgeschosswohnung ansprach. Als hätte sie zufällig einen guten Bekannten getroffen. „He! Möchtest du eine Zigarette mit mir rauchen?“ Sie lehnte im Fenster und lächelte mich an.

Obwohl ich es unverschämt fand, so plump

angeschnorrt zu werden, wollte ich nicht unschlüssig herumstehen. Ich zwängte mich durch die blattlose Hecke, die Bürgersteig und Hauswand trennte, an ihr Fenster und zog die Schachtel aus der Jackentasche. Doch da hielt sie mir schon eine Zigarette aus ihrer eigenen Packung entgegen.

Schweigend nahmen wir die ersten Züge.

Sie blickte sinnend dem Rauch nach, in der Winterkälte dick angereichert mit ihrem Atemnebel. Ich lehnte an der Hauswand und beobachtete sie aus dem Augenwinkel. Ich versuchte, eine Haltung zu dem Angebot zu entwickeln, mit Mariette zu schlafen. Da es ihr nicht um das Ergattern einer Zigarette ging, war das unzweifelhaft der eigentliche Zweck unseres nächtlichen Zusammentreffens.

Die Glut unserer Zigaretten näherte sich dem Filter, noch immer hatte keiner von uns ein Wort gesprochen. Mariette hielt mir einen Aschenbecher herab, ich langte hinauf und drückte meine Kippe aus. Sie lächelte wieder. „Danke", sagte sie und schloss das Fenster. Ich setzte meinen unbestimmten Weg fort.

In den kommenden Wochen versuchte ich erst gar

nicht, den Anschein zu geben, zufällig an Mariettes Wohnung vorbeizukommen. Sie lehnte allerdings nur selten am Fenster. Doch wenn, lud sie mich jedes Mal zu einer Zigarette ein. Unsere Begegnungen dauerten stets eine Brenndauer. Sah ich sie nicht am Fenster, ging ich weiter. Ich hatte nicht das Gefühl, sie gut genug zu kennen, dass ich ein Treffen gezielt durch Klopfen an ihr Fenster herbeiführen durfte. Das traute ich mich erst, als der Frühling in die Stadt zurückgekehrt war, und sie freute sich darüber.

Die Gespräche mit Mariette sog ich tief in mich auf wie den Zigarettenrauch. Das mag komisch klingen, denn was kann man sich über die Dauer einer brennenden Zigarette erzählen? Doch ihr gegenüber konnte ich mich vorbehaltlos öffnen, was an ihrer unvoreingenommenen Neugier liegen musste, auch wenn ich von Erlebnissen oder Gedanken sprach, die sogar mich peinlich berührten.

Die langen Pausen schienen unsere Begegnungen mit nie gekannter Bedeutung zu füllen. Ich hatte Gelegenheit, ihre Ansichten zu durchdenken und meine Haltung festzulegen.

Ich weiß viel von Mariette und auch wieder nichts. Ich weiß, dass ihr Geld nicht wichtig ist, sie hat auch nicht viel. Ihre Zigaretten sind irgendeine Discountermarke. Sie lebte am liebsten in gestohlener Zeit. Als ich fragte, was sie damit meine, erzählte sie von ihrem ehemaligen Freund, der ein Semester in Italien studiert hatte. Dem war sie nachgereist und wollte zwei Monate bei ihm wohnen. Bei ihrer Ankunft musste sie feststellen, dass er sich inzwischen emotional an zwei Italienerinnen gebunden hatte, zwischen denen er sich nicht entscheiden konnte.

Als sie wütend abreisen wollte, traf Mariette einen Kommilitonen ihres nun bereits Ex-Freundes, der eine Nordafrikareise plante. Sie bat ihn, mitkommen zu dürfen. Das folgende halbe Jahr war gestohlene Zeit. Sechs Monate, die nirgendwo verbucht waren. Sie hatte Pflichten verschoben, Notwendigkeiten vertröstet, kurz: die Pause-Taste gedrückt.

Wieder zu Hause hatte sie überraschend gleichgültig ihren Exmatrikulationsbescheid gelesen. Ohne zu wissen, woher der Einfall kam, war sie für eine Ausbildung als Köchin nach Südfrankreich gereist. Als sie nach acht Monaten abbrechen musste, weil ihr das Geld ausging, war sie nach Deutschland zurückgekehrt – dankbar auch für diese Monate gestohlener Zeit.

Bezeichnenderweise ließ Mariette ihre Geschichte hier enden – kein Wort über ihre derzeitige Beschäftigung. Und wir stellten uns nie die Fragen, die es Menschen normalerweise erleichtern, ins Gespräch zu finden, sich ein Bild voneinander zu machen, miteinander ins Bett zu gehen. „Was arbeitest du?" - „Welche Musik magst du?" - „Wie heißt du?"

Stimmt, ich kannte nicht einmal Mariettes Namen.

Einmal, als ich Woche um Woche vergebens durch ihre Straße streunte und vergebens an ihr Fenster klopfte, fuhr die Angst wie ein Windstoß in den Schwelbrand meiner Unruhe. Angst, Mariette könnte fortgezogen sein, unsteter Geist, der sie war. Angst, die letzte gemeinsame Zigarette bereits geraucht zu haben. In diesen Tagen unternahm ich den einzigen Versuch, etwas Konkretes über sie herauszufinden: Ich suchte ihr Klingelschild. Vielleicht gab mir ein leerer Steckplatz den Hinweis darauf, dass ihre Wohnung verlassen war.

Doch für das Erdgeschoss steckte das Schild „M. Siebenkorn". Ich kannte nun ihren Nachnamen – den

Vornamen dachte ich mir aus. Ich fand, er passte zu ihr.

Gute sechs Wochen später lehnte sie endlich wieder in ihrem Fenster, und wir rauchten eine Zigarette. Sie erzählte, wie sie ihren türkischen Gemüsehändler auf seinem Urlaub in die Heimat seiner Großeltern begleitet hatte.

Wie selbstverständlich schluckte ich die Frage hinunter, die jeder andere ohne Zögern gestellt hätte: wie sie dazu kam, zur Familie des Gemüsehändlers in ein kleines Dorf in der Türkei zu reisen.

So, wie ich Mariette nicht nach ihrem richtigen Namen fragte und auch nicht mit ihr schlafen wollte.

Obwohl ich zugeben musste, dass ich in den ersten Wochen daran gedacht hatte. Weniger, um mit Mariette zu schlafen, als viel mehr, um mit irgendeiner Frau zu schlafen.

Doch die Kenntnis ihres Namens oder eines möglichen Muttermals auf ihrem Rücken hätte den Nimbus zerstört, der sie umgab wie ein Archetyp, einen archaischen Mythos, eine alttestamentarische Legende. Dieses Bild, das sofort im Kopf des Zuhörers entsteht, nur teilweise aus Fakten zusammengetragen, der große Rest unterbewusst mit verschüttetem Wissen und emotionaler Interpretation gezeichnet.

Das Wissen um Mariettes nackten Körper oder die Laute ihres Begehrens hätten den Zauber zerstört, den zu greifen oder auch nur zu erklären mir unmöglich war. Ein Zauber, ungreifbar wie der weiße Rauch unserer Zigaretten und ebenso verblassend, sobald unsere Zigaretten ausgedrückt waren und sie auf ihre ganz eigene Art „Danke" sagte.

Ich beneidete Mariette. Und ich fragte mich häufig, ob die Greifbarkeit dieses Gefühls unsere Beziehung trivialisierte. Erzählt habe ich ihr davon nie, ich wollte die allein von mir ausgehende Banalität nicht auch noch verbalisieren.

Ich wollte mehr wie Mariette sein. Den Mut haben, Zeit für mich zu stehlen, sie nicht abzumessen oder nicht an meine Arbeit oder andere Pflichten zu verpfänden.

Schule, Ausbildung, Familie – ein schnurgerader Weg, der mich im Kreis geführt hatte.

Aus der Haustür trugen sie Pappkartons und Stehlampen. Nach kurzem Stillstand begann mein Herz, umso schneller zu schlagen. Gleichzeitig schalt ich mich einen Narren, dass ich geglaubt hatte, es würde ewig so weitergehen – Gespräch und Zigarette am Erdgeschossfenster. Dass Mariette, die mir durch ihr nicht kontinuierliches Wesen so viel gegeben hatte, ein kontinuierlicher Bestandteil meines Lebens sein könnte.

Sie stand am Fenster. Die Träger schien es nicht zu stören, dass sie nicht mithalf. „Du stiehlst wieder Zeit", sagte ich, als ich die angebotene Zigarette ergriff wie einen Strohhalm im Eismeer. Und obwohl ich meine Stimme am Ende des Satzes anhob, musste sie wissen, dass es keine Frage, sondern eine Aussage war. Und ich verachtete mich für diesen Satz. Als Frage spiegelte er mein Flehen wider, als Aussage die Kapitulation vor meiner Trostlosigkeit.

Sie begann, unbefangen wie immer, ein Gespräch, doch ich ging nicht darauf ein, wollte unsere letzte Zigarette schweigend rauchen. Wie unsere erste.

Danach lief ich durch die Stadt wie ein Ausgestoßener. Jeder schien etwas vorzuhaben, etwas Ausfüllendes, Wichtiges, Schönes, Neues. Oder auf ein Ziel zuzustreben, das man, wenn nicht heute, dann an einem anderen Tag, nah oder fern, erreichen würde.

Ich betrat verschiedene Supermärkte. Trotz der langen Schlangen wartete ich jedes Mal, bis ich an den Zigaretten angekommen war. Keines der Geschäfte hatte Mariettes Marke.

Zu Hause erwartete mich wieder die Unruhe, aufgepeitscht durch meine Gewissheit, dass Mariette ohne Sehnsucht an mich denken würde. Denn während ich Angst hatte, mich von Altem zu verabschieden, freute sich Mariette darauf, Neues zu begrüßen.

Das Loch

Susanne Feiner

Der Abgrund hatte sich mitten auf der Straße aufgetan, genau vor Emils Haus. Als Emil wie immer ganz früh am Morgen mit seiner Kaffeetasse vor die Tür trat, sah er ihn. Am Vorabend war noch alles normal gewesen, und jetzt: Ein Krater, so groß, dass ein Traktor hineingepasst hätte. Zum Glück war keiner drin.

Emil stellte seine Kaffeetasse auf der Mülltonne ab, trat näher und überzeugte sich davon, dass das Loch, so unwahrscheinlich das auch war, tatsächlich existierte. Nicht auszudenken, was passieren konnte. Er eilte zu seinem Schuppen, griff sich, weil er auf die Schnelle nichts Besseres fand, vier alte Gartenklappstühle, die er schon für den bevorstehenden Winter weggeräumt hatte, und stellte sie rund um den Krater auf. Er bewertete diese Absicherung jedoch als unzureichend, daher holte er noch einige farbige Geschirrtücher und legte sie über die Klappstühle, Farbe verstärkte ja bekanntlich die Signalwirkung. Dann rief er die Feuerwehr an und stellte sich wieder auf die Straße.

Erst da bemerkte er die Henne. Sie saß ganz unten im Loch, grauschwarz, auf den Resten der eingebrochenen Asphaltdecke. Es musste eine von Friedas Hennen sein, andere Hühner gab es in der Straße nicht. Als die Henne Emil sah, gab sie ein ängstliches Gackern von sich. Emil hätte sie nur zu gerne herausgeholt, aber ein Abstieg über die bröckelige Kante wäre zu gefährlich gewesen. Er konnte abrutschen, oder der Krater konnte weiter einbrechen.

Ob er Frieda Bescheid geben sollte? Er blickte zu Friedas Haus, das dem seinem genau gegenüberstand, auf der anderen Seite des Abgrunds. Die grünen Fensterläden, von denen die Farbe abblätterte, waren fest verschlossen. Wahrscheinlich schlief Frieda noch. Er beschloss, sie lieber nicht zu wecken, sie würde sich womöglich nur unnötig aufregen.

Frieda galt im Dorf als wunderlich. Sie wirkte energisch, fast abweisend, und schien nicht an Menschen interessiert zu sein. Aber Emil dachte, dass sie wohl einfach irgendwann beschlossen hatte, die Dinge in Ordnung zu bringen und sich dabei keinesfalls stören zu lassen. Von seinem Küchenfenster aus sah er sie ständig irgendetwas reparieren oder zusammenbauen. Es war nicht so, dass er sie in Stalker-Manier beobachtete. Nein, er interessierte sich für Frieda, weil ihm die Art gefiel, wie sie ihren Kampf bestritt, und er fragte sich, ob sie im Vergleich zu ihm die bessere Methode hatte – wobei, genau genommen hatte er selbst gar keine Methode. Frieda schnitt ihre Obstbäume, sägte Bretter, ja sogar ihren Gartenschuppen hatte sie ausgebessert, einen Dachbalken ausgewechselt und das Wellblech erneuert. Sie musste ziemlich stark sein, auch wenn man ihr das nicht ansah. Jung war sie nicht mehr, vielleicht in Emils Alter.

Hin und wieder hatte Emil erwogen, ihr seine Hilfe anzubieten. Allerdings war er nicht gerade ein begnadeter Handwerker. Annemarie hatte ihm das immer vorgehalten, zwei linke Hände habe er, hatte sie gesagt, und das war wohl einer der Gründe, warum sie vor drei Jahren gegangen war. Emil vermutete, dass es noch weitere Gründe gab, aber die hatte sie ihm nicht verraten.

Nachdem sie weg war, war Emil wieder aufs Dorf gezogen. Er hatte Sehnsucht nach Ruhe und Natur, und er hoffte, dass das Dorfleben ihn ins Gleichgewicht bringen würde.

Frieda grüßte ihn zwar, aber darauf beschränkte sich ihr nachbarschaftliches Verhältnis im Wesentlichen. Einmal, zwei Jahre zuvor, hatte sie ihren Zaun ausgebessert. Emil war für seine allabendliche Runde aus dem Haus gekommen, und als er Frieda arbeiten sah, hatte er spontan gefragt, ob er ihr helfen könne. Frieda war zusammengezuckt und hatte ihn erschrocken angesehen. Ihre Augen waren dunkelgrün wie ein Waldsee, das erinnerte ihn an seine Kindheit und rührte ihn.

„Nein, danke!" Frieda schüttelte den Kopf und ließ ihn einfach stehen.

Emil tat es sofort leid, dass er sie erschreckt hatte, er hätte sie nicht hinterrücks ansprechen sollen. Er nahm die lose Zaunlatte, die vor seinen Füßen lag, betrachtete sie einen Moment lang unschlüssig, brachte sie dann bis vor Friedas Haustür und legte sie dort ab. In den nächsten Tagen überlegte er, wie er sich am besten entschuldigen sollte, ohne aufdringlich zu wirken. Schließlich schnitt er in seinem Garten ein paar Pfingstrosen ab, steckte sie in eine Vase mit Wasser und stellte diese bei Frieda über den Zaun. Sie würde sich schon denken, so hoffte er, dass dieser Gruß von ihm kam.

Eine Woche später stand die Vase wieder hinter seiner Gartentür, ohne die Blumen drin. Das konnte alles bedeuten. Vielleicht war das ein Dankeschön, und sie hatte seine Entschuldigung angenommen. Vielleicht war es auch eine Zurückweisung.

Emil hatte geseufzt und die Vase aufgeräumt.

Er stand immer noch am Rand des Kraters, in gebührendem Abstand, und betrachtete nachdenklich die Henne, da riss ihn ein Ausruf aus seinen Gedanken.

„Fanny!" Frieda war aufgetaucht und stürzte auf das Loch zu. Emil befürchtete, sie würde vor Sorge um ihr Huhn womöglich noch selbst hinunterfallen, und trat ihr entgegen. „Keine Sorge, es geht ihr gut." Und als könne das die Unversehrtheit der Henne beweisen, fügte er hinzu: „Ich habe schon die Feuerwehr verständigt."

„Fannylein!" Frieda legte sich bäuchlings auf die Straße, lugte über den Rand des Kraters und rief ihrer Henne liebevolle Worte zu.

Als Emil sie da so liegen sah, wurde er ganz wehmütig, und ehe er wusste was er tat, legte er sich neben sie. „Die Feuerwehr kommt sicher gleich."

Es war kalt, so auf der Straße zu liegen, man merkte, dass es bald Frost geben würde, und Frieda zitterte. Aber vielleicht war es auch die Sorge um die Henne.

„Keine Angst", sagte Emil, „keine Angst." Er wusste selbst nicht genau, zu wem er das sagte.

„Siehst du nicht, wie sie sich fürchtet!", sagte Frieda, ohne Emil anzusehen.

Emil dachte kurz nach. „Doch, ich sehe es."

„Sie weiß nicht, was sie tun soll."

„Sie braucht keine Angst zu haben."

„Aber sie traut niemandem", sagte Frieda zur Henne hinunter.

„Nicht alle Menschen sind schlecht."

„Aber einige sind dafür sehr schlecht."

Abermals überlegte Emil, bevor er antwortete: „Wahrscheinlich hat sie mehr Freunde in ihrer Nähe, als sie denkt.“

Endlich sah Frieda Emil an. Im selben Moment kam die Feuerwehr.

Ein Feuerwehrmann sprang aus dem Führerhaus des Fahrzeugs. „Ist jemand verletzt?“

„Nein“, sagte Emil und erhob sich. „Nur Fanny möglicherweise.“

„Wer ist Fanny?“

„Meine Henne“, sagte Frieda und deutete ins Loch. „Bitte!“

Der Feuerwehrmann nickte und winkte seinen Kollegen herbei.

Kaum war Fanny befreit, stob sie gackernd und flatternd davon und verschwand hinter Friedas Häuschen.

„Siehst du, es geht ihr gut“, sagte Emil zufrieden. Da kam ihm ein Gedanke. „Es tut mir übrigens leid, dass ich dich damals erschreckt habe.“ Frieda blickte auf und runzelte die Stirn. „Vorletztes Jahr, als ich dir meine Hilfe für den Zaun angeboten habe.“

„Ich weiß schon", entgegnete Frieda. Dann schien es, als würde sie innerlich etwas formen, Worte, die sie noch zurechtbiegen musste, bevor sie sie herauslassen konnte. „Du kannst ja nichts dafür", sagte sie schließlich. „Danke für die Pfingstrosen."

„Gern." Emil fasste sich ein Herz. „Komm, ich koche uns einen Tee auf den Schrecken. Wenn du willst, natürlich nur." Frieda blickte ihn auf eine Art an, die ihn an Annemarie erinnerte, und er rechnete schon fest mit einer Ablehnung. Doch dann veränderte sich plötzlich ihr Gesichtsausdruck, und sie antwortete: „Gut."

Auf dem Weg nahm Emil seine Tasse mit dem inzwischen kalt gewordenen Kaffee von der Mülltonne.

„Deine Gartentüre schließt nicht ordentlich", stellte Frieda fest.

„Ich weiß."

„Ich kann das für dich reparieren."

„Da wäre ich sehr froh."

Frieda nickte, als hätte sie keine andere Antwort

erwartet.

„Dafür helfe ich dir mit den Fensterläden“, sagte Emil. „Sie müssen neu gestrichen werden, denke ich.“

Frieda zog eine Augenbraue hoch. „Ja, aber zuvor muss man sie abschleifen.“

„Gut. Dann machen wir das auch.“

Abermals sah Frieda ihn prüfend an, aber sie äußerte keine Einwände.

Emil setzte Wasser auf und stellte zwei Tassen auf den Tisch.

„So lange wohnen wir uns jetzt schon gegenüber“, sagte Frieda.

Emil wartete ab, ob Frieda noch etwas sagen würde. Und wirklich, das tat sie. „Gut, dass die Straße kaputtgegangen ist.“

„Ja. Ein Glücksfall, wie es scheint“, sagte Emil.

„So könnte man es wohl nennen.“

Emil goss Tee in die Tassen und nahm seine dann hoch. „Auf das Loch!“

Frieda hob ebenfalls ihre Tasse und stieß sie gegen Emils. „Auf das Loch!" Und dann fügte sie hinzu: „In den Pfingstrosen waren übrigens Ameisen drin."

„Oh, das tut mir leid", entgegnete Emil.

„Nicht so schlimm. Sie waren trotzdem sehr schön."

Und Emil musste zwar ganz genau hinsehen, aber dann war er sich sicher: Frieda lächelte.

Nachts bin ich dir nahe

Lucia Neumann

Aufseufzend schließt sie ihre Tür hinter sich. Geschafft. Wieder ein Tag erledigt. Sie zieht ihren Schleier vom Kopf, fährt sich durch die Haare, öffnet den Kleiderschrank und hängt den Schleier auf den Bügel. Sie nimmt die silberne Halskette mit dem Kreuz ab und küsst es. So hat sie es gelernt. Vorsichtig legt sie es in die Schatulle, die zu diesem Zweck im Regal steht. Sie schließt den Schrank. Dann reckt sie sich und öffnet den Reißverschluss am Rücken. Schnell schlüpft sie aus dem schwarzen Ordenskleid und hängt es zum Lüften auf den Bügel außen an die Schranktür. Jetzt noch das lange Unterkleid ausziehen. Einem plötzlichen Impuls folgend schleudert sie es von sich. Doch da kommt das schlechte Gewissen angeschlichen. Sie bückt sich und hebt es wieder auf. Faltet es ordentlich zusammen und legt es in den Wäschekorb. Am Waschtag ist es mit an der Reihe.

Ein Blick aus dem vergitterten Fenster. Dahinter der Garten, die Straße – die unendliche Weite der

Freiheit, die lockt.

Sie kann dem Locken nicht widerstehen - ob er heute auch da sein wird?

Sie zieht sich leichte, luftige Kleidung an. Normale Kleidung. Oder wie man im Orden sagt: zivil. Sie atmet auf. Es fühlt sich gut an, so wie andere zu sein. Sie traut sich nur, wenn sie keiner sieht. Abends, wenn alle ihre Mitschwestern schon ins Bett gegangen sind. Zu ihrem Glück ziehen sich alle zeitig auf ihre Zimmer zurück. Sie sind auch schon deutlich älter als sie. Sie könnten ihre Mütter und Omas sein. Eigentlich, so sinnt sie darüber nach, lebt sie in einem Altenheim.

Sie wartet, bis die Dämmerung ihr Vorhaben in Grautöne hüllt. Dann schleicht sie sich davon, wie jeden Abend, wenn es im Haus still geworden ist. Vorsichtig. Leise. Niemand soll es bemerken. Sie geht bis zum Ortsausgang. Das ist nicht weit. Ihr Kloster liegt am Rande des Dorfes. Immer an der Klostermauer entlang bis zum Ortsschild. Die Mauer bietet ihr Deckung. Als sie das Ortsschild erreicht, übernehmen die Bäume ihren Schutz. Sie braucht nicht weit der Straße zu folgen, schon bald sieht sie ihn. Wie jedes Mal steht er zwischen den Tannen und sieht ihr entgegen.

Sie brauchen nicht viele Worte. Sie wissen um alles, was wichtig ist. Hungrig finden sich ihre Münder. Liebkosen sich die Zungenspitzen und Lippen. Erkunden sich die Zungen, ob die Münder noch genauso schmecken wie beim letzten Mal. Es schmeckt nach Zärtlichkeit und Nähe und Freiheit. Und nach Verbotenem.

Sie schiebt alles beiseite, was diese Zeit belasten könnte. Nach einem Kuss, der gefühlte Ewigkeiten dauert, nimmt er sie an der Hand. Sein Blick sucht ihren und stellt, wie jeden Abend eine Frage. Ihre Augen antworten ruhig und sehnsüchtig. Da reicht er ihr Helm und Jacke. Sie zieht beides an, während auch er seinen Helm aufsetzt. Zwischen den Bäumen steht sein Motorrad. Wie immer steigt er auf, und sie klettert hinter ihn. Schmiegt sich fest an ihn. Und gemeinsam rollen sie in eine weitere gemeinsame Nacht. Sie liebt es, sich an ihn zu kuscheln, das Vibrieren des Motors unter sich zu spüren und zu wissen, jeder Meter bringt sie der Freiheit und der Lust näher. Bringt sie näher zu ihm und auch zu ihr, so wie sie eben auch ist. Sie will nicht darüber nachdenken, wie es weitergeht. Es zählt nur der

Moment.

Bald schon sind sie da. Eine Wohnung zwischen anderen Wohnungen in einem Haus zwischen anderen Häusern. Er schließt erst die Haustür, dann die Wohnungstür für sie auf. An seiner Hand betritt sie sein – nein ihr gemeinsames – Reich. Doch kein Raum hat eine Bedeutung. Auch nicht, wie alles eingeräumt ist. Es spielt keine Rolle. Wichtig ist nur das große Zimmer mit dem weichen Bett. Sie setzt sich auf die Bettkante. Er kniet vor ihr. Während sein Blick sich in ihren versenkt, wandern seine Hände streichelnd ihre Beine entlang. Ganz sanft drückt er ihren Oberkörper auf das Laken. Es duftet nach ihm und nach Liebe. Wie von einem Magneten angezogen folgt er der Bewegung und schmiegt seinen Körper an ihren. Sie haben Zeit. Die ganze Nacht gehört ihnen.

Ohne Eile ertasten die Hände, was sie schon kennen und doch immer neu kennen lernen wollen. Denn jede Begegnung ist anders. Fühlt sich anders an. Richtiger. Stimmiger. Das, was sie beide tagsüber erlebt haben, verändert auch ihre Körper. Und was sie miteinander teilen, umso mehr. Sie streckt sich sehnsuchtsvoll seiner Berührung entgegen. Spürt, wie ihr ganzer Körper aufatmet. Sich weitet. Öffnet.

Bereit wird, ihn in ihr Herz zu lassen. Wird sich bewusst, was es bedeutet, Liebe zu empfangen und zu verschenken. Nichts von dem, was sie täglich über die Liebe in den Gebeten hört und spricht, kommt dem gleich. Wenn Gott diese Liebe geschenkt und diesen Mann zu ihr geführt hat – ist es doch Gottes Wille, oder nicht? Wie kann etwas so Schönes, Bereicherndes, Befreiendes nicht gottgewollt sein?

Sie hat nicht bemerkt, wann die Kleidung ihre Körper verlassen hat. Sie hat nicht bemerkt, dass ihr Tränen über die Wangen laufen. Zärtlich streichelt und küsst er die nassen Spuren von ihrem Gesicht.

„Es ist die Freude", flüstert sie.

„Ich weiß", antwortet er leise.

Und dann finden sich ihre Körper. Werden eins. Ruhen gemeinsam, bewegen sich gemeinsam. Ermutigen sich gegenseitig. Verschmelzen. Sie weiß nicht mehr, wo er aufhört und sie anfängt oder wo ihr Körper endet und seiner beginnt. Sie wünscht sich nur, dass es nie endet und doch immer neu beginnt.

Er schläft in ihren Armen ein. Sie liegt in seinen. Geborgen. Beschützt. Vertraut. Und doch: gestohlene

Zeit. Verbotene Lust. Ohne dass sie es will, kommen die Gedanken. Diejenigen, die sie lieber zum Schweigen bringen möchte. Sie erzählen von Schuld und infizieren ihre Gefühle damit. Sie nagen an ihr, wie Mäuse am Käse und werten alles ab, was diese Nacht in ihr entfacht hat. Das schlechte Gewissen erwacht. Sie hört ihre Mitschwestern in Gedanken reden. Dass man das nicht macht. Dass sie ein Gelübde abgelegt hat, auf körperliche Nähe und Liebe zu verzichten. Sie würde ja gerne. Hat alles versucht. Doch die Sehnsucht, das Verlangen war stärker. Und alles, was sie mit ihm erlebt, war tiefer und erfüllender als jedes Gebet, als jeder Akt des Gehorsams und der demütigen klösterlichen Hingabe.

In wenigen Stunden wird sie zurück in die Gemeinschaft gehen. Wird wieder eine Unberührbare unter lauter Unberührbaren sein. Denn allein die Ordenskleidung schafft Distanz. Das Maximum an Nähe: wenn sie einem anderen zur Begrüßung die Hand reicht oder ihr eine Hand gereicht wird. Ein kaum merklicher Tropfen, der gleich verdunstet, gegen den Durst nach Nähe. Deshalb braucht sie diese Zeit mit ihm. Saugt alles auf, was sie bekommen kann, und kann sich doch gleichzeitig fallen lassen und sich verschenken.

Bald schon wird sie wieder mit den schwarzen Kleidern und dem Kreuz um den Hals ihrer Arbeit nachgehen. Bald schon wird sie wieder geben, geben, geben. Sicherheit. Halt. Hoffnung. Zuversicht. Optimismus. Freude. Und ihr eigener Hunger bleibt ungestillt.

Bald schon wird diese Nacht vorbei sein. Sie rückt noch näher an ihn heran. Spürt, wie ihr Körper zu kribbeln beginnt, erwartungsvoll. Auch sein Körper reagiert. Schlaftrunken öffnet er seine Augen und schmunzelt über ihr Begehren. Hier werden Hunger und Durst gestillt. Wohlig räkelt sie sich wie eine Katze in der Sonne. Rollt sich zu ihrem Kater herum. Noch ist es dunkel. Noch ist Zeit. Für Nähe. Für Liebe. Wenn es doch nie enden würde.

Irgendwann muss sie wohl eingeschlafen sein. Denn als sich das Bimmeln der Glocke in ihr Bewusstsein schleicht, muss sie erst die müden Augen öffnen. Sie schaut auf die Leuchtziffern ihrer Uhr. Es ist fünf. Zeit für das Morgengebet. Ein neuer Tag nimmt seinen Anfang. Müde und wie erschlagen kämpft sie sich aus dem Bett, wankt zum Waschbecken. Dann zum Schrank. Schlüpft in frische Kleidung, Unterkleid,

Ordenskleid. Küsst das Kreuz und hängt es sich um – an seinen Platz über ihrem Herzen. Dann der Schleier. Sorgfältig befestigt sie ihre widerspenstigen Haarsträhnen. Keine soll unerwünscht hervorkommen. Sie nimmt ihr Gebetbuch, öffnet die Tür und macht sich auf den Weg in die Kirche.

Eine schwache Liebe

hebt besser als eine starke

Michael Lichtwarck

Von meiner Urgroßmutter gibt es nicht viel zum Sagen. Dass sie die harte Arbeit gefürchtet hat, das ja. Weil so eine Furcht hast du damals nur in der Stadt gekannt. Dass ihr das Licht beim Tag die Haut aufs Gesicht gespannt hat wie Fell auf eine Trommel. Dass ihre Mundwinkel ewig entzündet waren.

Da gibt es von ihrem Mann, dem Mitterhofer Peter aus Partschins, schon mehr zum Sagen. Dass er ein kopfisches Mannsbild gewesen ist, Erfinder sein hat er sich eingebildet. Das hölzerne Glachter, die fahrbare Kraxe, die Schreibmaschine, die Waschmaschine, mit dem ist seine Zeit dahin. Dass in ihm keine Tüchtigkeit für das Geschäftliche war, obwohl er stark geschielt hat. Außerdem, dass er seine Frau, meine kleine Urgroßmutter Marie, gerngehabt hat. Von ihr ist in dieser Beziehung nichts überliefert. Aber so etwas hätte seinerzeit auch keine in ihr Büchel geschrieben.

Bei uns in Partschins sind sie mit der Meinung über dich gleich fertig. Über Urgroßvater war die Meinung, er nimmt die Marie nur, damit er das Zimmereigeschäft kriegt. Die Meinung ist leicht zu haben, weil er ja wirklich alle seine Abende im Wirtshaus versitzt. Da singt er schamlose Lieder und macht den Bauchredner. Lässt den heiligen Jonas im Magen vom Walfisch rülpsen. Oder den Erzengel Michael deine Sünden herbeten, wegen denen du nicht ins Paradies darfst.

Bei sich daheim war der Urgroßvater höchstens in der Zeit, wo er das hölzerne Glachter erfunden hat - eine Art Instrument mit Klaviertasten, kleine Hämmer haben auf Zirbenplättchen geschlagen. Es hat getan, wie wenn Betrunkene im Wirtshaus lachen, ein hölzernes Glachter, sagen wir halt. Du hast hinauf und hinunter lachen können. Urgroßvater hat es hergenommen, damit die Leute wissen, wann der Erzengel Michael zu Ende war, und wann sie haben lachen dürfen.

Seinerzeit hat es in Partschins genug gegeben, die geglaubt haben, sie sind schon Erfinder, wenn sie die

Kuh nicht um sechs, sondern erst um sieben melken. Aber keiner hat den Jonas und den Erzengel Michael aus dem Bauch reden lassen und das Menschengelächter auf Zirbenplättchen spielen können. Fragen hat man sich trotzdem müssen, wie kommt ein Zimmerer aus Partschins auf ein Klavier, das Menschengelächter spielt? Urgroßvater soll gesagt haben, das Glachter hat er erfunden, weil, wenn die Leute zusammen lachen, dann schlagen sie sich nicht. Aber meistens wissen sie nicht, ob sie jetzt schon das Lachen anfangen dürfen, oder noch warten sollen, das Schlimmste ist ja, wenn du zur falschen Zeit lachst. Das wäre soweit ja gut gegangen, bis er das hölzerne Glachter im Sonntagsgottesdienst hätte aufstellen wollen, damit eine Fröhlichkeit aufkommt beim Fleisch Christi. Da hat ihn Hochwürden Garmesegger wegen Gotteslästerung ins Meraner Gefängnis gebracht.

Wie er jünger war, hat Urgroßvater seinen Händen vertrauen können, Maul und Hände haben damals nicht schlecht zusammengearbeitet. Unterm Altwerden hat er seinen Händen immer weniger glauben dürfen, sie waren schneller als er, und haben die Jahre nicht gespürt. Ist das Trumm aus seinen Händen in der Welt gewesen, hat er dafür eine

Ausrede finden müssen.

Dass er seine Frau, meine Urgroßmutter Marie, gerngehabt hat, daran waren auch seine Hände schuld. Aber darüber hat er nicht nachgedacht und keine Ausrede Erfinden müssen dafür. Das ist so gegangen, ohne nachdenken oder reden.

Jedenfalls ist er nach dem Gefängnis lange Zeit daheim geblieben. Er hat eine Kraxe erfunden. Die hat unten einen langen Stecken gehabt mit einem Rad dran, wie ein umgedrehter Schubkarren zum auf den Rücken schnallen, so hat es ausgesehen. Es war eine Dazu-Erfindung für die Marie, damit sie nicht so schwer tragen muss. Über das Rad hat er eine Bürste geschraubt. So hat das Rad sich im Drehen selber abgebürstet, die kleine Urgroßmutter hat die schweren Sachen in die Küche fahren können, und der Boden ist nicht schmutzig geworden. Die Marie braucht das, hat der Urgroßvater gesagt. Weil sie so gern alles sauber hat. Und weil sie die harte Arbeit fürchtet, was man damals bei uns noch nicht gekannt hat. Und die Zimmerei hat er ja bekommen. Auch wenn er vom Geschäftlichen rein gar nichts gewusst hat. Das hätten andere besser gekonnt. Aber die sind sich zu gut gewesen für die Marie.

Mit siebenundvierzig hat Marie ihr einziges Kind, meine Großmutter, auf die Welt gebracht. Die Geburt hat Marie viel gekostet, es ist schlechter gegangen mit ihr. Der Urgroßvater hat schon gar nicht mehr ins Wirtshaus gekonnt, und den Jonas rülpsen lassen und sein hölzernes Gelächter spielen. Marie ist wunderlich geworden. Mit der Sauberkeit hat sie es immer schon gehabt, das ist jetzt ganz arg geworden. Überall hat sie Schmutz gesehen. Die Wäsche hätte sie jeden Tag frisch gewaschen. Wenn der Urgroßvater gesagt hat, dass sie das Betttuch nicht so oft wechseln muss, das Leinen wird nur dünn und löchrig, hat sie gesagt, ihretwegen wäre es ja nicht, und seinetwegen schon zweimal nicht. Aber die kleine Tochter muss sauber aufwachsen. Das ist das Wichtigste für so ein Wurm, das erst auf die Welt kommt, wenn an der Mutter schon so viel Dreck klebt. Und wenn er so ein Schlauberger ist, soll er ihr halt eine Waschmaschine erfinden.

Ich erfinde dir eine, hat er gesagt, verlass dich. Aber lass mich erst noch zu unserem guten Kaiser Franz Josef nach Wien, eine Eingabe machen um Geld für meine andere neue Erfindung, die Schreibmaschine. Dann hat er die sauschwere Schreibmaschine auf die fahrbare Kraxe, und ist zu Fuß nach Wien.

Es ist später gerätselt worden, wie ein Zimmermann aus Partschins auf eine Schreibmaschine kommt, und wozu er sie eigentlich hernehmen hätte wollen. Er war ja keiner, der vom Schreiben hätte leben müssen. Was er dem Kaiser in die Eingabe hineingeschrieben hat, war natürlich ein Schmarren, das hat jeder gesehen. Noch dazu hat man es kaum lesen können, weil seine Schreibmaschinenbuchstaben waren abgezwickte Nadeln, die das Papier von hinten durchgestochen haben. Ein Tintenband müsste ich noch erfinden, hat er gesagt, deswegen brauche ich ja das Kaisergeld.

Im Dorf haben sie gleich gewusst, der Mitterhofer macht es, damit er imponieren kann. Ja und, was wäre schlecht dran, wenn einer mit einer Schreibmaschine imponieren will? Darf eines nur imponieren mit einem Haufen Leichen? Der Marie hat er den richtigen Grund verraten. Die Sprache, hat er gesagt, ist tapfer und das muss sie auch sein. Aber das, was wirklich wichtig ist, das hörst du ja nicht, das musst du lesen. Und da soll es doch wenigstens für jeden leserlich sein. Keiner weiß viel Gewisses. Jeder weiß und kennt nur einen Brocken. Aber wenn die Leute die kleinen Brocken, die sie kennen, wenigstens leserlich aufschreiben, das wäre doch schon was.

Bevor er noch in der kaiserlichen Kanzlei vorstellig war, ist schon die Nachricht vom Nachbarn in Wien eingetroffen: Der Marie geht es schlecht, und sie macht es nicht mehr lang. Urgroßvater hat gleich seine Schreibmaschine auf die Kraxe geschnallt und ist heim. Hat überlegt, wie er der Marie jetzt noch helfen kann. Ihm ist vorgekommen, dass er die Marie zu schwach liebt. Obwohl, eine schwache Liebe hebt länger als eine starke. Eine schwache Liebe kannst du leicht tragen, auch einmal einen langen Weg. Eine schwere musst du bald loslassen und hinstellen.

Auf den Gedanken hin hat der Urgroßvater größere Schritte gemacht. Von Wien nach Partschins ist es weit, wenn du mit dem Tod um die Wette rennst. Wenigstens hat seine Kraxe ein Rad unten dran gehabt, so ist es schneller gegangen.

Er ist noch rechtzeitig heimgekommen. Die Marie war so schwach, dass er die kleine Tochter, die später meine Großmutter geworden ist, zur Nachbarin hat geben müssen. Und in die Zimmerei, die Marie mit in die Ehe gebracht hat, ist der Tod eingezogen. Hat sich auf einen Stapel abgelagertes Holz gehockt, hat heruntergeschaut auf die Marie, und hat gerechnet, wann er sie holt. Die Marie hat immer nur ans

Saubersein denken können, das ist immer härter für sie geworden, jetzt wo sie nicht mehr hat aufstehen können. Der Urgroßvater hat seine Werkbank ins Schlafzimmer geschoben, damit die Marie zuschauen kann, wie er für sie eine Waschmaschine erfindet. Hat ihr jeden Schritt erklärt, und wie sie es machen wird, dass die Maschine die Betttücher wirklich sauber kriegt, wenn sie wieder aufsteht. Und dass ihm die Schreibmaschine ganz gleich ist, sie kann ihm gestohlen bleiben samt dem blöden Geld von unserem guten Kaiser. Für ihn gibt es auf der ganzen Welt jetzt nur noch ihre Waschmaschine.

Mit dem Erfinden wäre es recht gut vorangegangen. Bis er an dem einen Morgen, viel gefehlt hat an der Waschmaschine schon nicht mehr, ins Zimmer gekommen ist, und die Marie hat geschlafen. Ganz fest. Der Urgroßvater hat auf ihre Mundwinkel geschaut und gesehen, dass sie nicht mehr entzündet waren. Da hat er gewusst, sie ist tot.

Das Zimmer

Sylvia Wimmer

Ich werde nach der Lesung sein Buch signieren lassen und zu ihm sagen: „Hallo, darf ich Sie auf ein Glas Rotwein einladen? Gleich gegenüber kenne ich eine kleine Bar. Wenn es die noch gibt, war lange nicht mehr dort. Wissen Sie, ich fühle mich mit Ihnen seelenverwandt", werde ich ihm offenbaren. „Auch ich kenne den Wunsch, sich in ein Zimmer zurückzuziehen, weil draußen die Realität lauert. Sie als Schriftsteller wissen genau, wovon ich spreche, nicht wahr?"

Beobachtungen aus der Distanz sind unverfänglicher. Man braucht sich um keinen nichts sagenden Dialog bemühen. Sprechen im falschen Augenblick zerstört Gedankenfetzen, experimentelle Schachtelsätze, die erst im Kopf zu entwirren sind, bevor man sich sprachlich darin verheddert. Und – man braucht keine Entscheidungen treffen. Man ist Voyeur. Es handeln die anderen. Sie verstehen mich? Das freut mich, aber ich bin nicht verwundert. Ich kenne sie schon lange – aus Ihren Büchern. Die sagen mehr als gesprochene Worte. Die Zwischenzeilen sind es, die meine Seele berühren. Ich erkenne mich wieder.

Ich stehe oft am Fenster und versuche hinter die menschliche Fassade zu blicken. Draußen – ein Kommen und Gehen. Freundliche Gesichter, gehetzte Gesichter, lustlose Gesichter, humorvolle, Gesichter, die wiederkehren, neue Gesichter. Die Welt ist kälter geworden, die Gesichter auch.

In meinem Zimmer ist es wohlig, bei jedem Wetter. Es ist nicht die Temperatur, es ist die Atmosphäre. Ein Bett, eine weiche Matratze, ein Schreibtisch, darüber die Weltkarte. Ich reise gern. Ich umkreise die Welt in weniger als einer Minute. Manchmal starre ich nur auf die Ozeane. Heimat der Giganten der Meere, sanft, stark, mitfühlend und sozial. Insgesamt gibt es sechsundachtzig Arten. Blauwale, Buckelwale, Zahnwale ... Ich sehe lachende Delphine, schnatternd, tanzend, springend. Ich lache mit. Sie haben sich in mein Herz geschlichen. Ich fahre auf der Landkarte nach rechts, in die Südsee, auf die Marquesas und denke dabei an das Chanson von Jacques Brel: ‚Es gibt zwei Arten von Leuten. Die Lebenden und mich. Und ich bin auf See'.

Ich bin beides. Oft verbringe ich meine Zeit in Afrika,

durchstreife die Savanne, besuche die Berggorillas in Ruanda. An manchen Tagen bleibe ich auch in Europa. Venedig! Gondle den Canale Grande rauf und runter ohne Touristen!

Habe ich den Schrank schon erwähnt? Der steht gegenüber vom Bett. Da ich gern meine kleinen Verrücktheiten auslebe - Oversize-Mütze zum Pailettenkleid oder Rosamunde Pilcher-Seidenbluse zu Hippie-Goa-Sommerhose - ist er gut gefüllt. Manchmal ächzt er.

Draußen verabschiedet sich der Herbst. Sanft fallen die Blätter. Doch in meinem Zimmer ist es wohlig warm. Dank Ihrer Bücher. Und ich habe drei Lampen eingeschaltet. Eine hellleuchtende LED-Decken-lampe, ein gedimmtes Standlicht und eine Vulkanlampe mit Rotlicht. Sie beleuchten meine Bilder, meine gespitzten Bleistifte, meinen weißen Sitzsack, den mein Körper geformt hat.

Nachteile? Das fragen ausgerechnet Sie?

Man wird zum Eigenbrötler. Aber das wissen Sie doch! Allein in seiner Dachkammer zu sitzen, aber sich nicht einsam zu fühlen. Das ist das Fatale. Die völlige Immigration in sich selbst, in sein Vakuum.

Eine Heimstätte, die ich genieße. Es fehlt nicht an Worten. Aber wenn ich hinausgehe, in mein Exil, fehlt es am Sprechen. Es ist wie nach einem langen Wüstenaufenthalt. Das langsame Zurückkehren in die Zivilisation und Kommunikation. Da braucht man Tage, bis man andockt im eigenen Kulturkreis. Man verträgt die Betriebsamkeit nicht mehr.

Entschuldigen Sie, ich möchte keine düstere Weltanschauung verbreiten. Ich liebe das pulsierende Leben, den Herzschlag der Zeit. Aber meine Innenwelt braucht manchmal Auszeit.

Trinken wir noch ein Gläschen oder müssen Sie schon zurück? Der letzte Zug? Fährt schon um 23 Uhr. Wir sind hier in einer Kleinstadt. Einverstanden? Joe, noch zwei Chianti!

Ja, ich kenne den Wirt, schon aus meiner Teenagerzeit. Es hat sich nichts verändert. Ich muss gestehen, Vertrautes tut gut. Es bedarf keiner Erklärung, keiner Maske. Danke Joe. Zum Wohl!

Wenn wir so weitermachen, werde ich morgen auf die Dusche verzichten und heißes Wasser in die Wanne laufen lassen. Der Wasserdampf beschlägt den Spiegel, und ich kann gefahrlos den Kopf heben.

Gute Idee? Stammt von Ihnen. Aus einem Ihrer Bücher. Sie erinnern sich? Warum befällt mich nur heute diese Melancholie?"

Ich lasse meine Blicke wandern. Die Tür. Sie ist aus Buchenholz, echtholzfurniert. Ein Unikat aus ressourcen-schonender Produktion – wie ich. Weder Auto noch Roller. Nicht einmal öffentliche Verkehrsmittel benutze ich. Außer in Ihren Büchern. Da fahre ich Tram, U-Bahn, steige in den Zug.

Nächsten Sonntag, 17 Uhr?

Einverstanden? - E i n v e r s t a n d e n!

Ich werde Emil, meinen Boxer, mitnehmen. Er wird dafür sorgen, dass ich den zeitlichen Absprung schaffe. Dann werde ich Sie in mein kleines Tipi im Garten einladen. Wenn es der Wind noch nicht weggeweht hat. War lange nicht mehr draußen. Um Emils Frischluftzufuhr kümmert sich die Nachbarin. Wir werden uns am Lagerfeuer wärmen und die indianischen Momente genießen. Wir werden in eine spirituelle Welt eintauchen und über Träume, Wunder und Visionen sinnieren.

Visionen halten mein Leben aufrecht. Und die

Phantasie! Sie katapultieren mich ins Universum. Ich genieße meine Welt schwerelos. Dann gibt es noch Träume und Tagträume. Wobei letztere nur zum kurzweiligen Vergnügen reichen. Die Wirklichkeit stört zu oft.

Rechts neben der Tür der Spiegel, in einem einfachen grünen Rahmen. Ich benutze ihn nicht oft. Ich kenne mein Gesicht, meine Gedanken. In ihnen reflektieren sich Ihre Bücher."

Auf dem Bett liegt die Ausgabe der Tageszeitung. 'Bestsellerautor liest aus seinen Werken'. Wink des Schicksals! Ich atme tief durch. Heute werde ich es wagen hinzugehen und Sie anzusprechen. Ich habe dafür extra Ihr Buch eingepackt. Mit meinem Rotweinglas balanciere ich zu meinem Sitzplatz.

Dann betreten Sie die Bühne. Mit ihrem warmen Timbre erzählen Sie von den literarischen Stationen Ihres Lebens.

Meine Gedanken sind sehr eigenwillig. Vielleicht liegt es an Ihrem hellen Sakko, das mich auf Urlaubskurs bringt. Wir werden in weißen Strandkörben bei einem herrlichen Rosé abhängen und uns ganz dem entschleunigten Rhythmus dieser Stunde hingeben, den warmen Sand durch die Zehen rieseln lassen …

„Ich bedanke mich für Ihre Aufmerksamkeit.“

Die Urlaubstage verschwinden im Treibsand. Es ist soweit! Langsam leere ich mein Glas und bewege mich zum Bücherstand. Ich lasse mir Zeit, koste jede Minute aus. Lange habe ich auf mein persönliches Event gewartet. Ich bin bereit, hole das Buch aus meiner Tasche. Ihr ungeduldiger Blick streift mich und eine, nach zweistündiger Lesung erschöpfte Stimme fragt: „Signieren?“

Und meine gelähmte Zunge bäumt sich auf und stottert: „Ich kenne eine kleine Bar, gleich gegenüber. Wissen Sie nicht mehr?“

Ich schaue aus dem Fenster. Die Welt ist kälter geworden.

Es schneit.

Die Notwendigkeit weitreichender Veränderungen

Ursula Schröder

„Tante Bea?", fragt Mieze mit den großen Kulleraugen, die sie immer hat, wenn sie mit einem Thema intensiv beschäftigt ist. „Bist du eigentlich mit Felix verlobt?"

Gute Frage. Wann ist man verlobt? Wenn es um einen Brillantklunker einschließlich Antrag und Hinknien geht, dann bin ich es nicht. Aber wenn man Felix gut kennt – und das tue ich inzwischen -, dann ist eindeutig klar, dass es sich hier um eine dauerhafte Beziehung mit realer Zukunftsperspektive handelt. Und nichts anderes ist mit dem Begriff gemeint, denke ich. Aber weil man bei meiner Patentochter nie weiß, was sie im Schilde führt, spiele ich den Ball erst mal zurück: „Warum willst du das wissen?"

„Na ja", erwidert sie, „wenn man verlobt ist, will man auch irgendwann heiraten. Und wenn man verheiratet ist, dann zieht man zusammen und kriegt

Kinder. Aber du wohnst immer noch bei Oma Alma, und Felix wohnt oben unterm Dach, und ihr könnt noch nicht mal eine Wendeltreppe in die Wohnung bauen, weil dazwischen Bennos Etage liegt. Wie wollt ihr das auf Dauer machen?"

Ich zögere mit einer Antwort. Mieze ist gerade mal dreizehn, da bin ich nicht sicher, ob ich als Argument anführen soll, dass ich häufig genug oben bei Felix übernachte - wobei sie das bestimmt längst mitbekommen hat, denn sie ist ja ein aufgewecktes Kind. Vor allem aber weiß ich selbst nicht genau, wie es mittelfristig weitergehen soll.

Erst vor ein paar Jahren bin ich mit meiner Oma zusammen in die große Eigentumswohnung gezogen, die meine Eltern als Kapitalanlage gekauft hatten. Dort ist genug Platz für uns beide, mein Büro und ein Gästezimmer für Mieze, die immer gern zu uns kommt, wenn es ihr zuhause zu stressig wird.

Eine Beziehung mit Felix, unserem unkonventionellen Nachbarn von oben, war absolut nicht eingeplant. Im Gegenteil, ich hatte mich ja auf diese Lösung mit der gemeinsamen Wohnung eingelassen, weil ich nach mehreren gescheiterten Beziehungen von Männern die Nase voll hatte. Zu dem Zeitpunkt schien die ideale Konstellation zu sein, dass meine Schwester mit ihrer Familie Omas Haus übernahm und ich mich hier um Alma kümmerte.

Aber man kann halt nie wissen, was als nächstes kommt. Und bei mir war das der Nachbar aus dem Dachgeschoss.

„Was ist denn nun?", bohrt Mieze weiter. „Oder fängst du jetzt auch so an wie Mama und gibst auf bestimmte Fragen keine Antwort mehr?"

„Wir sind hier nicht beim Fernsehquiz", wehre ich mich. „Über manche Dinge muss man halt länger nachdenken als dreißig Sekunden."

„Ja, dann tu das mal", versetzt sie in einem recht provokanten Tonfall. „Es geht ja schließlich nicht nur um

euch." „Was ist denn nun?", bohrt Mieze weiter. „Oder fängst du jetzt auch so an wie Mama und gibst auf bestimmte Fragen keine Antwort mehr?"

„Wir sind hier nicht beim Fernsehquiz", wehre ich mich. „Über manche Dinge muss man halt länger nachdenken als dreißig Sekunden."

„Ja, dann tu das mal“, versetzt sie in einem recht provokanten Tonfall. „Es geht ja schließlich nicht nur um dich und Felix.“

„Hat Oma Alma dich angestiftet?“, frage ich erschrocken.

„Nein, hat sie nicht“, antwortet Mieze. „Auf so was komme ich auch allein.“

„Ach ja? Du bist doch gar nicht direkt betroffen.“

„Das sagst du so! Aber spätestens, wenn ihr ein Kind kriegt, braucht ihr das Gästezimmer, und ich stehe auf der Straße.“

„Mieze, erstens hast du ja ein Zuhause bei deinen Eltern. Und wenn es so weit ist, werden wir eine Lösung finden.“

„Das sagst du jetzt“, mault sie. „Wenn es so weit ist, hast du gar keine Zeit dazu.“

Unser Gespräch fällt mir wieder ein, als ich abends mit Felix auf seinem Dachbalkon sitze. Ich bin schon früh nach oben geflüchtet, weil Oma Alma und Mieze mit Benno bei dröhnender Lautstärke eine Fernsehshow sehen wollen. Schlagermusik in

Verbindung mit Bergen von Knabberzeug auf dem Couchtisch empfinde ich eher als Bedrohung. Aber mit Felix' Arm um ihre Schulter zuzugucken, wie Flugzeuge weiße Kondensstreifen an den Himmel malen, ist eine perfekte Alternative.

„Sag mal", murmele ich träge, „werden wir eigentlich irgendwann heiraten?"

„Ist das ein Antrag?", fragt er zurück. „Da bin ich aber erleichtert. Ich befürchtete schon, du würdest mich nie fragen."

„Das will schließlich gut überlegt sein", behaupte ich. „Aber Mieze macht sich Gedanken um unsere Zukunft."

„Das muss sie nicht", versichert Felix heiter. „Unsere Zukunft wird großartig. Um welchen Teil davon sorgt sie sich denn?"

„Darum, dass wir in der jetzigen Wohnkonstellation nicht wie ein klassisches Ehepaar miteinander wohnen könnten."

„Woher hat sie diese spießigen Einstellungen?", fragt er, jetzt ganz ernsthaft. „Sollen wir Alma ins Heim stecken, damit wir zusammen die untere Etage beziehen können, oder wie stellt sie sich das vor?"

„Nun sei nicht so hart mit ihr. Sie stammt nun mal aus einer konservativen Familie."

„Ja, das ist wohl so", stimmt er mir zu. Und dann fügt er hinzu: „Komm, lass uns das machen. Irgendwann ist es sowieso dran."

Ich schaue ihn entgeistert an. „Du willst Oma …"

„Nein, ich meinte Heiraten", grinst er. „Wir könnten eine Menge Steuern sparen, und du müsstest nicht mehr Rövenstrunk heißen. Außerdem habe ich gerade einen dunklen Anzug, der mir passt. Es spricht also vieles dafür."

So ist das mit Felix. Er ist nicht immer romantisch wie die Helden in einem Liebesfilm. Aber für mich ist er der tollste Mann der Welt. Und damit ist unsere Hochzeit beschlossene Sache.

Wenn wir jedoch dachten, die Oma und Mieze würden begeistert sein – Fehlanzeige. „Heiraten wollt ihr also", fasst Alma zusammen, nachdem wir ihnen am nächsten Wochenende unseren Entschluss mitgeteilt haben. „Dann sollte ich mich wohl mal für ein Zimmer in der Senioren-Renitenz anmelden. Den großen Büfettschrank muss ich euch aber hierlassen.“

„Was soll denn das?“, fragt Felix kopfschüttelnd. „Gefällt es dir nicht mehr bei uns?“

„Darum geht es nicht“, erwidert sie. „Aber ihr braucht dann mehr Platz.“

„Wir haben doch genug Platz, Oma“, widerspreche ich ihr. „Wir behalten das Apartment unterm Dach, und auch hier unten muss sich nichts ändern.“

„Ihr wollt dann weiter auf verschiedenen Etagen leben?“

„Und wenn ihr ein Baby kriegt?“, fügt Mieze hinzu. Offenbar ist das für sie ein wichtiges Thema.

„Dann kann es uns nirgendwo besser gehen als hier“, sagt Felix. „Denn wir haben nicht nur eine hervorragende Köchin im Haus, sondern können sogar mal über Nacht wegbleiben, weil unsere Babysitterin ja hier ein Zimmer hat.“

Mieze schaut uns beeindruckt an. „Ihr habt schon alles durchgeplant.“

„Natürlich!", behauptet Felix. „Ich habe sogar schon ausgerechnet, wie viel Kalorien ich verbrenne, wenn ich jeden Tag mindestens vier Mal zusätzlich die Treppen rauf und runter laufe, um meine Frau zu küssen."

„Echt?"

„Glaub ihm kein Wort", sage ich zu ihr. „Er ist doch tagsüber gar nicht zuhause."

„Ich muss halt Geld verdienen", verteidigt er sich.

Oma Almas skeptische Blicke wandern zwischen uns hin und her. „Ihr meint also wirklich, ihr könntet heiraten und alles andere so lassen, wie es ist?"

„Genau", antwortet Felix. „Noch nicht mal der Frostmann müsste sich umgewöhnen."

Sie ist nach wie vor sehr nachdenklich. „Ich war stets der Meinung, dass Heiraten zu den größten Veränderungen im Leben gehört."

„Das ist bestimmt auch für viele Menschen so", stimmt Felix ihr zu. „Aber bei uns war nun mal die Reihenfolge anders. Wir haben erst mal alles verändert und heiraten dann erst. Ich jedenfalls finde das besser."

„Es gibt bestimmt nicht viele Paare, die freiwillig mit ihrer alten Oma zusammenwohnen", meint Alma. Ich sehe mit etwas Beunruhigung, wie sie nervös an ihrer Strickjacke herumnestelt. Das ist sonst nicht ihre Art.

„Nö", sagt Felix, „aber es gibt auch nicht viele Leute, die so eine coole Oma haben wie dich. Wir wollen darum nur nicht so ein Aufsehen machen, sonst wirst du uns am Ende noch geklaut."

„Nun lass aber mal die Küche im Dorf!", winkt sie ab. Aber während ich mich gerade beruhigt fühle, weil sie wieder wie gewohnt auf ihre unvergleichliche Art ein Sprichwort verunstaltet hat, zieht sie ein Taschentuch hervor und bricht in Tränen aus.

Wir sind alle ein wenig erschrocken, denn das tut sie sonst nie. Ich lege ihr tröstend den Arm um die Schulter. „Aber Oma! Das ist doch kein Grund zum Weinen!"

„Das entscheide immer noch ich", teilt sie mir mit und putzt sich lautstark die Nase. „Dies ist immerhin ein besonderer Moment!"

„Finde ich auch!", pflichtet Mieze ihr bei und wischt sich über die Wange. Jetzt kullern bei ihr ebenfalls die Tränen. Also muss ich auch sie an mich ziehen, so dass wir zu dritt auf dem Sofa sitzen und links und rechts von mir geschluchzt wird.

„Ein besonderer Moment!", wiederhole ich und werfe Felix einen hilflosen Blick zu.

„Allerdings", nickt er. „Der Moment, an dem ich drei Frauen gleichzeitig zum Weinen bringe."

„Aber ich weine doch gar nicht", protestiere ich.

„Was nicht ist, kann noch werden", sagt er unbeeindruckt. Und dann lässt er sich vor uns nieder und zieht etwas aus der Tasche: Ein kleines Etui mit einem wunderschönen Brillantring, den er mir jetzt an den Finger steckt. „Beate Rövenstrunk, möchtest du richtig mit mir verlobt sein, wenigstens für kurze Zeit?"

Verflixt, er behält schon wieder Recht: Ich fange ebenfalls an zu heulen. Aber das ist in Ordnung. So etwas passiert schließlich nicht jeden Tag.

Heimchen (lebend, 400 Gramm)

Anke Laufer

Flügellahm an diesem Morgen, dachte er. Zu heiß. Die Gedanken abgehackt wie das Spaltholz im Schuppen: Früher gab´s nasse Sommer. Jetzt kommt der Regen nur noch im Winter. Ausgedörrt bin ich. Wie der Gartenboden. Selbst die mächtige Hecke sah staubig und schütter aus. Sein Leben lang hatte sie ihren Zweck erfüllt, mit jedem Jahr höher und undurchdringlicher, voller Geckern und Geraschel.

Quint fürchtete sich vor dem langsamen Sterben der Hecke und vor denen dort draußen. Manchmal warf einer in hohem Bogen etwas herüber. Eine leere Flasche oder eine stinkende Einwegwindel, was nicht schlimm war, denn die wollten die Leute ja nur loswerden. Aber Steine, das war etwas anderes. Die warfen sie nach den Fenstern, für die er nur schwer Ersatz bekam.

Einmal, letzten Winter, hatte jemand auf eine Krähe geschossen, die war mitten in den Garten gefallen und er hatte sie unter der Kastanie begraben. Dabei hatte er zu weinen begonnen. Er weinte eigentlich nie.

Gegen halb neun trank er am Küchentisch eine Tasse Instantkaffee. Das brachte ihn normalerweise wieder auf die Beine, bevor die Lieferung eintraf. Er trank in kleinen Schlucken und betrachtete die Fotografie, die vor ihm auf der karierten Tischdecke lag. Aber auch heute konnte er aus dem Bild nichts herauslesen — jedenfalls kein Versprechen.

„Kleine, ich geb dir eine Chance, aber vermassel die nicht", hatte Magnus gesagt, was nicht nötig gewesen wäre. Robin war nicht gerade eine, der sich viele Chancen boten. Ihre Mutter sei eine Streunerin gewesen, hatte man ihr gesagt, habe sie ausgesetzt wie ein Kätzchen. Sie wollte es zwar immer allen recht machen, lag aber oft daneben. Das reinste Wunder, dass einer wie Magnus etwas für sie übrighatte.

Donnerstag sollte sie dessen Tour übernehmen. *EssenZ* war der einzige Lieferdienst, der noch voll auf menschliches Personal setzte, sich um die Alten und Sturen kümmerte, die zwar Online bestellten, aber keinen Drohnenport hatten. Trotzdem. Dieser Winkel der Stadt, der war Robin unheimlich, und dieses Haus sowieso. Das eingesunkene Dach duckte sich unter der steilen Böschung der stillgelegten Schnellstrecke. Der Rest lag verborgen hinter einer Wand aus Gestrüpp, die bis zum Dachfirst reichte.

„Du musst drei Mal klopfen", sagte Magnus und ließ die Fingerknöchel gegen die rissige Holztür schnellen. Von der Eingangstreppe aus konnte man einen schmalen Ausschnitt des eingewachsenen Gartens sehen, darin das hoch aufragende Gestell mit einer verdreckten Kinderschaukel, einst blau gestrichen, vom Rost zerfressen.

„Sitzt er draußen?" fragte Magnus.

„Wer?" fragte Robin zurück.

„Manchmal sitzt der auf der Schaukel." Magnus kritzelte etwas Unleserliches auf sein Pen Pad und machte kehrt. Das Paket ließ er, unter Missachtung sämtlicher Vorschriften, auf der Eingangstreppe stehen.

„Was soll das? Was machst du denn?" Robin hatte eben den Lehrgang abgeschlossen.

„Frag nicht. Mach es einfach so, wie ich dir sage. Kapiert?" Magnus bückte sich und zog am Fuß der

Treppe etwas unter einem Ziegelstein hervor. „Sieh her. Die Bestellung für morgen", sagte er und hielt ihr den Zettel hin. Es war Bargeld dabei. Das steckte sich Magnus in die Brusttasche. „Freu dich. Ab übermorgen ist das deine Tageszulage."

„Was steht da?", fragte Robin, „Lass sehen."

Magnus gab ihr das zerfledderte Papier.

Milch stand oben auf der Liste, 3 Liter.

Oxywasser, 15 Liter
2 Kilo Weizensurrogat.
Zucker
Toast
4 Riegel Vakuumwurst
1 Dose Thunfisch
6 Eier. Soja-Eiscreme Vanillegeschmack
Heimchen (lebend, 400 Gramm)

„Heimchen?"

„Das sind Grillen."

„Ich weiß, was Heimchen sind. Aber 400 Gramm? Das sind verdammt viele Grillen."

„Das hier ist ein freies Land, oder?“

Erst als sie wieder im Lieferwagen saßen fragte sie ihn: „Der macht also nie auf?“

„Nein.“

„Aber wieso?“

„Ist einer von denen“, sagte Magnus und hob dabei die Brauen - bedeutungsvoll.

„Wie jetzt? Im Ernst?“ fragte Robin.

„Jepp“, sagte Magnus und ließ den Wagen an. „Interessante Sache, diese An-ach-or-e-ten. Früher waren das welche, die ihr Leben lang auf einem Baum hockten. Oder sich einmauern ließen. Bis auf ein kleines Loch. Durch das hat man ihnen dann immer das Nötigste durchgeschoben.“

Robin sah aus dem Seitenfenster des Sprinters auf das Haus zurück. Magnus war die meiste Zeit ziemlich wortkarg, aber wenn er ihr erzählt hätte, in dieser Gegend gäbe es Einhörner – sie hätte es auf der Stelle geglaubt.

Anachoreten brachten sich selbst zum Verschwinden,

erklärte ihr Magnus. Wurden zu Phantomen ohne Geschichte. Traten weder online noch im Melderegister in Erscheinung. Schotteten sich ab bis zum Tod. „Das ist das Entscheidende", sagte Magnus, „die wollen mit niemandem mehr was zu tun haben."

„Und wenn es Probleme gibt?"

„Reg dich ab. Ich mache die Tour seit siebzehn Jahren. Glaub mir, das läuft wie geschmiert."

Sie wusste, der Lieferdienst war der Obrigkeit ein Dorn im Auge. Es hieß, *EssenZ* drücke beide Augen zu, wenn Fahrer Sonderwünsche erfüllten und dafür Geld einstrichen. Doch nun sollte sie einen Anachoreten übernehmen. Davon war in der Stellenbeschreibung keine Rede gewesen.

Quint hatte vom Oberlicht aus auf die Neue herabgeblickt. Die hatte sich den Hals verrenkt, um in den Garten sehen zu können, hatte herumgetrödelt, ein Stück Lack vom Türrahmen gekratzt, bis der andere sie antrieb. Quint hatte auch beobachtet, wie sie zurück zum Wagen gingen, einstiegen. Drinnen hatte sich das Mädchen beim Anfahren noch einmal umgewandt und zum Haus zurückgeblickt, nur einen Augenblick lang.

Da hatte Quint das Zeichen bemerkt.

Es war deutlich genug, unverwechselbar, unauslöschlich.

Lange stand er da und horchte auf das Blut, das ihm durch den Kopf rauschte, als sei ein Damm gebrochen.

„Warum macht einer so etwas? Warum sperrt sich einer selbst ein?" fragte Robin, als sie am nächsten Tag ihre Lieferung zum Haus trugen.

Magnus zuckte bloß die Schultern.

„Ich würde an den glatten Wänden hochgehen", sagte Robin.

Magnus legte den Finger auf die Lippen und machte eine Kopfbewegung, hin zum Garten. Tatsächlich: Da hockte einer auf der Schaukel. Grauer Haarschopf, der Ärmel eines verblichenen Pullovers. Robin lehnte sich weit über das Treppengeländer, aber Magnus zerrte sie weg.

„Du lässt ihn in Ruhe. Hast du verstanden?"

„Schon gut."

Quint aß die Eiscreme mit dem Esslöffel aus dem Plastikbecher. Die hatten die Eier vergessen. Er konnte keinen Punsch machen ohne Eier. Solche Fehler durften nicht passieren. Er ging noch einmal hinaus und kritzelte 'Eier!' auf den Lieferschein und unterstrich das Wort dreimal.

Donnerstag. Sie ließ den Wagen an der Abzweigung stehen. Sie hatte anstatt der Sechserpackung eine Zehnerpackung Eier besorgt und eine Flasche dunkles Bier. Auf den Lieferschein hatte sie geschrieben: Tut mir leid wegen der fehlenden Eier. Werde mich gut um Sie kümmern, keine Sorge.

Auf einmal bekam sie Herzklopfen. Etwas hier kam ihr bekannt und zugleich vollkommen irre vor. Außerdem war da dieses regelmäßige Quietschen, ein nervtötender Singsang, der aus dem Garten kam. Am liebsten hätte sie kehrt gemacht, aber das kam nicht in Frage, schon wegen Magnus. Also stieg sie die Stufen bis zur Eingangstür hinauf und stellte das Paket ab.

Quint hielt Ausschau, bis er sie weit über den Hügeln ausmachte. Erst kamen sie einzeln, dann flogen sie dichter, zeichneten flüchtige Linien und

Zeichen ins Firmament.

Er verlagerte das Gewicht, nahm weiter Schwung, half mit den Beinen nach. Mit jedem Ausschlag gewann die Pendelbewegung der Schaukel an Höhe, eroberte sie sich rostig jauchzend ein weiteres Stück des Sommerhimmels. Unter ihm wankte die Hecke wie eine Prozession grüner Elefantenrücken, die sich gemeinsam gegen die Außenwelt stemmten.

„Sieh! Sieh!"

Robin sah zu, wie der Mann höher und höher flog. Über ihm schwirrten jetzt unzählige Schwalben. Ihre nadelspitzen Schreie klangen wie eine Aufforderung: „Sieh! Sieh! Sieh!". Sie schossen heran, kreuzten in waghalsigen Manövern die Flugbahn der Schaukel, drehten seitwärts ab, stiegen erneut auf, wendeten und schnappten im Tiefflug nach dem Futter, das ihnen der Mann entgegenschleuderte.

Später saß Quint am Küchentisch und schrieb seinen Bestellzettel. Er würde Nachschub brauchen. Er schrieb: Heimchen (lebend, 400 Gramm).

Sonnenlicht kroch über die Tapete mit dem verblassten Blümchenmuster. Im Glas funkelte das

Bier wie dunkler Bernstein. Sein Blick fiel wieder auf die Fotografie, die vor ihm auf der karierten Tischdecke lag.

Die Frau hat den Kopf zur Seite gewandt. Das Haar liegt ihr auf den Schultern wie schimmerndes Gefieder. Nur das kleine Mädchen lächelt in die Kamera, neugierig, den mageren Hals gereckt. Das Feuermal an seiner Kehle gleicht einer purpurfarbenen Blüte.

Am Abend ging Quint hinaus, stand am Fuß der Treppe und sah die Straße hinunter.

Nach einer Weile hockte er sich hin. Er hob den Ziegelstein an und schob Geld, Bestellzettel und nach einem kurzen Zögern auch das Foto darunter, machte kehrt und ging hinein.

Esther

Christine M. Erdmann

Esther. Wie ich sie hasste. Ich hasste sie, weil sie mein Ebenbild war. Die Hälfte eines Ganzen. Ich wollte keine Hälfte sein. Ich wollte nur ich sein. Ich allein. Doch wo ich hinging, folgte sie mir. Sie verfolgte mich. Nicht wirklich, doch in den Augen der Anderen, in denen ich die stumme Frage erkannte, das Zögern: Wen hatten sie heute vor sich?

Wir wurden als eineiige Zwillinge geboren, Esther und ich. Schon im Mutterleib stahl sie mir den Raum, der für mich hätte sein sollen. Nicht, dass sie sich breit machte. Nein, im Gegenteil, Esther war immer zurückhaltend, beinahe schüchtern. Sie forderte nie etwas für sich, wenn es nicht unbedingt sein musste. Dafür hasste ich sie noch mehr. Wie sie bedauert wurde, verhätschelt. Die zarte Esther. Die bescheidene Esther. Die liebliche Esther.

Hätten sie sie doch nur einmal durch meine Augen gesehen. Die anhängliche Esther, die an mir klebte, wie Hundescheiße unter der Sohle. Egal wie oft ich sie trat, wie oft ich versuchte, sie wegzuwischen, ich wurde sie nicht los. Oder die selbstlose Esther. Ich spielte den Menschen in unserer Nachbarschaft nur zu gerne Streiche. Ester war immer dabei. Zu langsam. Zu lieb. Wie oft wurde sie erwischt. Sie verpetzte mich nie. Stumm hätte sie jede Strafe ertragen. Doch genau das war der Punkt: sie wurde NIE bestraft. Das Erkennen nach dem ersten Zögern. Dann: Was? Die liebe kleine Esther sollte das getan haben? Ach, das arme Mädchen! Bestimmt ein Hilfeschrei. Komm rein, Mädchen, ich habe Kekse für dich.

Einmal, nur ein einziges Mal, ließ ich mich bei einem Streich erwischen. Ich bekam zwei Wochen Hausarrest, damit ich mir gleich merkte, wie schlimm mein Verbrechen war. Und auch diese Strafe ertrug Esther mit mir, obwohl ich mir nichts sehnlicher wünschte, als dass sie mich endlich allein ließ.

Ganz besonders verabscheute hasste ich die „doppelte Esther". Vor meinem zehnten Lebensjahr gab es kein einziges Kleidungsstück, dass ich allein besaß. Alles existierte zweimal, einmal für Esther, einmal für mich. Liebend gerne trug sie diesen Einheitslook. Ich probierte es wieder und wieder:

schlich mich aus dem Zimmer, bevor sie aufstand, versteckte wahllos Sachen, damit sie nicht merkte, was im Schrank fehlte. Unser Schrank, in unserem Zimmer. Wie ich es hasste! Wie ich sie hasste! Sie zerstörte mein Leben von dem Moment an, da sich die Eizelle im Bauch meiner Mutter teilte.

Ich wuchs heran und erkämpfte mir mit harten Bandagen mein eigenes Zimmer, meinen eigenen Kleiderschrank. Doch mehr als die Hälfte meiner Klamotten entdeckte ich bei Esther wieder. Sehnte sie sich denn gar nicht nach Individualität?!

Ich verprügelte sie wieder und wieder, bis sie versprach, die doppelten Stücke nur noch im Haus zu tragen. Nur noch im Haus! Ihr einziges Zugeständnis nach unzähligen Blutergüssen und Schmerzen. Ich hätte sie für ihre Zähigkeit bewundern können, wenn es nicht um mich gegangen wäre!

Es wurde kaum besser. Esther kaufte nicht mehr die gleichen Sachen, aber ähnliche. Jeden roten, gelben, blauen Pullover entdeckte ich bei ihr, eine Nuance heller oder dunkler. Die gleichen Schnitte, die gleichen Marken. Sobald sie nach der Schule nach Hause kam, verwandelte sie sich in meine Kopie.

Mein erster Freund, der zweite. Sie verwechselten Esther mit mir. Küssten sie zur Begrüßung, flüsterten ihr die Liebesschwüre zu, die doch für mich gedacht waren. Das muss ich meiner Schwester lassen: sie stellte den Irrtum immer sofort richtig. Doch was nützte das, wenn sie mir meine Individualität nahm?

Es blieb so. Jungs, die mich in ihr sahen. Jene, die länger blieben und meinten, uns auseinanderhalten zu können und mich begrüßten: „Hallo Esther, ist deine süße Schwester da?" Oder sie beschwerten sich: „Warum müsst ihr euch auch so gleich anziehen?"

Es war nervtötend. Ich hasste sie. Mit jeder Verwechslung, jeder Gleichschaltung ihrerseits wuchs mein Hass. Es gipfelte, als nicht einmal meine Eltern uns mehr auseinanderhalten konnten. Ich redete mit Esther. Ich verprügelte sie. Ich tat ihr auf jede erdenkliche Weise weh. Sie ertrug es. Ich las ihr Tagebuch: „Warum ist sie so gemein zu mir? Ich will ihr doch nichts Böses! Sie ist meine Schwester! Mein Zwilling! Wir gehören zusammen! Ich liebe sie so ..."

Liebe! Wenn sie mich liebte, warum ließ sie mich dann nicht einfach in Ruhe?

Als sie sich auch noch auf dieselben Ausbildungs-
plätze wie ich bewarb, in denselben Betrieben, sah
ich nur noch einen Ausweg: Ich packte ein paar
Sachen und verschwand auf Nimmerwiedersehen.

Meine ersten Tage in Freiheit genoss ich in vollen
Zügen. Ich ließ mir, wie schon unzählige Male zuvor,
eine neue Frisur verpassen – diesmal mit der
Gewissheit, sie allein zu tragen. Allein! Was für ein
tolles Gefühl! Es war endlich so, wie es sein sollte.
Wie es immer hätte sein sollen! Zwei Wochen, drei
Wochen ... es war die schönste Zeit in meinem Leben!

Dann begannen die Alpträume. In jeder Nacht sah ich
sie vor mir. Tränenüberströmt, blass, anklagend.
Selbst am Tag verfolgte sie mich. Plötzlich hörte ich
ihre Stimme. Komm zurück, flüsterte sie. Nachts.
Tags. Ich floh. Ich wollte nur noch weg. Wollte die
Stimme nicht mehr hören, die Bilder nicht mehr
sehen. Doch sie folgte mir. Wohin ich auch ging,
Esther ließ mir keinen Moment Ruhe.

Die Träume wurden realer. Sie vermischten sich
immer mehr mit der Realität. Ich konnte mit Esthers
Augen sehen, erblickte, was sie sah: meine
verzweifelten Eltern, meine traurigen Freunde. Ich
empfand kein Leid, nur Hass. Hass auf Esther, dass sie

mir das antat. Ich hatte diese Geschichten von Zwillingen, die sich über hunderte von Kilometern verständigen konnten, immer für Mythen gehalten. Nun erlebte ich die Wahrheit. Mein Leben verkam zu einem nicht enden wollenden Alptraum.

Ich floh erneut. Durch Deutschland, nach Holland und Frankreich, in die Schweiz, nach Ungarn und Polen. Ich kümmerte mich nicht mehr um Gesetze. Ich stahl, was ich zum Leben brauchte, brachte wildfremde Menschen mit rührseligen Geschichten dazu, mir ein Essen auszugeben. Ich fuhr per Anhalter oder schwarz mit der Bahn. Tagelang verweigerte ich mir den Schlaf, um den Alpträumen zu entgehen, die noch schlimmer waren als meine Visionen im Wachzustand. Denn nur in meinen Träumen spürte ich Esthers Leid wie mein Eigenes, schaute ich in ihr verzweifeltes Gesicht, musste ich ihre Anklagen ertragen.

„Verschwinde endlich!", schrie ich eines Tages im Zug, wieder einmal auf der Flucht vor Esther. Meine Mitfahrer betrachteten mich, als wäre ich verrückt geworden. Ich fragte mich, ob sie falsch damit lagen.

Merkwürdigerweise schien es zu helfen. Die Visionen verschwanden, die Träume wurden weniger bedrückend. Fast ein halbes Jahr lebte ich von da an in trügerischer Sicherheit. Ich wagte es sogar, nach Deutschland zurückzukehren. Es war mein größter Fehler.

Ich hielt mich mit einem miesen Promotion-Job, für den ich mich älter gemacht hatte, über Wasser, hauste in einem schäbigen Billighotel und aß in einer Obdachlosenunterkunft. Es war allemal besser als das Zusammenleben mit Esther.

Bis sie eines Tages vor meiner Tür stand. Sie trug meine Frisur, meine Kleidung. Ich hätte es wissen müssen! Ich fragte nicht, woher sie es wusste. Wo ich war, was ich tat. In dieser Nacht tötete ich sie mit einem Kissen, dass ich auf ihr Gesicht presste, bis sie aufhörte zu zappeln.

Ich brauchte ihre Leiche nicht verschwinden zu lassen. Ich ließ es einfach wie einen Selbstmord aussehen. Es war der fünfte in diesem Monat. Niemand hier wusste, dass ich eine Zwillingsschwester hatte. Zum ersten Mal in meinem Leben war ich wirklich frei!

Doch ich hatte meine Schwester unterschätzt. Ich weiß nicht, wie sie es schaffte. Gleich einer unsichtbaren Kraft zog es mich in meine Heimat, bis ich eines Tages vor der vertrauten Haustür stand. Meine Mutter zögerte keine Sekunde. „Oh Esther! Da bist du ja wieder!“

„Ich bin nicht …“, setzte ich an, als sie mir das Wort abschnitt.

„Papperlapapp! Du musst dich nicht verstellen. Es ist traurig, was deine Schwester getan hat, doch du lebst!“

Sie sagte es merkwürdig eindringlich. Noch einmal versuchte ich mich zu erklären: „Ich bin...“

„Du. Bist. Esther.“ Meine Mutter betonte jedes Wort. Ihr Blick hielt meinen gefangen. „Du bist Esther“, wiederholte sie. In diesem Moment begriff ich, dass sie es wusste.

Seit nunmehr drei Jahren lebe ich das Leben von Esther. Es gibt kein Entrinnen. Es ist, als hätten sich alle gegen mich verschworen. Ich meine es zu sehen, in den Augen meiner Freunde, ihrer Freunde. Sie wissen, was ich getan habe. Was für ein Monster ich bin. Doch sie trösten Esther, nicht mich. Erinnern sie daran, wie schlecht ihre Schwester war. Was sie ihr angetan hat. Und ich spüre Esthers Schmerz wie meinen eigenen. Spüre die Demütigungen. Spüre aber auch ihre Liebe. Spüre Esthers Bewunderung für mich, ihre Schwester. Spüre, wie ich sie vermisse. Über allem liegt das Wissen, das ich nicht Esther bin, sondern das Monster, dass ihr Leben zerstörte.

Der Professor stirbt

Constanze Geertz

Punkt drei Uhr macht die Vergangenheit ihre Aufwartung. Studenten, Kollegen, nahe und ferne Bekannte meines Mannes. Viele, die sich jahrelang nicht gemeldet haben. Manche sehe ich zum ersten Mal.

Sie sind alle gleich. Sind erleichtert, dass sie nicht sofort in sein Krankenzimmer müssen. Singen sich bei mir ein, damit sie drinnen nur ja den richtigen Ton treffen.

Heute sind vier Herren mittleren Alters gekommen. Sie mustern mich geradezu unhöflich lange. 'Kann man nicht schon ein bisschen Mitleid abladen bei ihr? Dass man nicht gar so überquillt nachher?'

Ich gebe mir Mühe, unsere Gäste nicht zu enttäuschen. Ich bin sehr freundlich. Trotz meiner Müdigkeit lasse ich das Gespräch nie erlahmen. Jede noch so dumme Phrase greife ich auf und gebe sie sorgfältig gebügelt zurück.

Da stehen sie in ihren frisch gebürsteten Anzügen und lauern auf den ersten Fehler der anderen, die erste Taktlosigkeit, die allen weiteren den Weg ebnet.

Ich wäre die Letzte, die etwas dagegen hätte. Ich bin nicht ihre Richterin. Das rechnen sie mir hoch an.

Eine der Pflegerinnen, ich kann nicht sehen, ob es heute Agnieszka, Bozena oder Milena ist, streckt den Kopf aus der Tür und sagt sehr leise: „Er ist wach, kommen Sie.“

Man könnte den Eindruck haben, unsere Besucher fühlten sich gestört. Ich halte ihnen die Tür auf, stelle vier Stühle ans Bett und sage im herzlichsten Ton: „Kommen Sie, kommen Sie!“ und „Sieh mal, du hast Besuch.“ Mein Mann lächelt alle an, auch mich. Darauf haben wir uns geeinigt.

Vor zwei Monaten, als ihm klar wurde, dass ich Ernst machen würde, dass ich ihn nicht mehr pflegen und auch sein Zimmer nicht mehr betreten würde, erschrak er für einen Augenblick. Als er begriff, dass möglicherweise seine Kollegen davon erfahren könnten, packte ihn Entsetzen. „Ich bin kein Mann, den man im Stich lässt“, sagte er. Aber es klang nicht wie sonst. Es war beinahe schon eine Bitte.

Erbärmlich, dachte ich. Der Gedanke war so neu und so ungeheuerlich, dass ich Lust bekam zu lachen. Zum allerersten Mal war ich es, die etwas gewähren konnte.

„Wenn Besuch kommt", versprach ich ihm, "wird alles wie immer sein."

Ich bereue es nicht. Auf diese Weise kann ich jetzt nach dem Rechten sehen, ohne meinen Vorsatz zu gefährden. Während die Besucher ihre ersten Floskeln murmeln, stelle ich fest, dass die Pflegerinnen hervorragende Arbeit leisten. Die Kissen sind aufgeschüttelt, frisches Wasser steht bereit und bei den Medikamenten herrscht eine vorbildliche Ordnung.

Ich habe den Premium-Service gebucht. Auf Premium hat er immer schon Wert gelegt. Es gibt nichts, was er mir vorwerfen könnte. Und wenn ihm doch etwas einfallen sollte, wird er sich auf die Zunge beißen.

Die Besucher versichern, ihn auch gar nicht lange aufhalten zu wollen. Ich frage nicht wobei und weise sie nicht darauf hin, dass seine einzige Beschäftigung seit Wochen das Sterben ist. Ich lächle.

Meine Rolle ist bescheiden angelegt. Aber es ist ja bekannt, dass man gerade in solchen Rollen brillieren kann. Selten hat man eine so eindrucksvolle Dulderin wie mich gesehen. Das ist nicht mein Verdienst. Ich habe eine gründliche Ausbildung genossen. Meine Aufgabe in den letzten zehn Jahren bestand darin, da zu sein und alles falsch zu machen: „Hör auf mit deinem Zartgetue, musst du andauernd reden, altes Waschweib, du, warum sagst du nichts, bist so langsam und vergisst doch wieder die Hälfte, wo rennst du denn jetzt wieder hin?"

Noch schlimmer war sein Schweigen. Er, der jetzt so verzagt dort unter den Decken liegt, verstand es früher meisterhaft, mich mit einem Augenrollen aus dem Zimmer zu jagen und mit einem Schweigen zurückzuholen.

Mittlerweile muss ich ihn regelrecht provozieren.

Auch heute lässt er sich nicht lumpen mit seinem ängstlichen Blick, den höflichen Antworten. Wie scheu seine Hand über die Bettdecke flattert. Wie er zu mir hinüberschaut, wenn ich ihn anspreche. Wie er „bitte" und „danke" sagt. An Tagen wie diesem könnte man fast glauben, er meine es ehrlich.

Dass zwei dieser Herren hier bei ihm promoviert haben, erfahre ich erst durch ihr Gespräch. Sie loben seine Ruhe, sein tiefes Interesse an ihnen und ihrer Arbeit. Ich stehe daneben und denke: Sieh an, der bist du also auch gewesen.

Von den Fachgesprächen abgesehen, bleiben die Statisten heute deutlich hinter den Erwartungen zurück. Minutenlang sitzen sie stumm da und starren ihn an. Ich ziehe ihren Auftritt nicht unnötig in die Länge. Es reicht, ihnen die Stichworte zu verweigern. Sie lassen sich nicht zweimal bitten und versichern, bald wiederzukommen. Obwohl das eine Lüge ist, verabschiede ich sie ohne Groll. Ich war lange genug eine von ihnen. Sie tun mir leid.

Um fünf breche ich auf. Ich bin mit unserer Tochter verabredet, in einem Café in der Stadt. Das wird ihr erster Vorwurf sein, er ist es immer. Sie sagt, ich hielte ihn von ihr fern. Dabei kann sie jederzeit zu uns kommen. Nur weigere ich mich eben, dabei zu sein, mit ihr an seinem Bett zu sitzen. Sie ist schließlich kein normaler Besuch. Außerdem wäre sie die Einzige, die mich vielleicht noch umstimmen könnte.

Ich bin zu früh dran, wie immer. Als meine Tochter kommt, stehe ich auf, damit sie mich sieht. Sie begrüßt mich, immerhin, mit einer Umarmung. Dann hält sie mich von sich weg und betrachtet mich.

„Gut siehst du aus", sagt sie, und es klingt wie ein Vorwurf. Sie hat Recht, meine Bewegungen sind jetzt runder, ich habe Muskeln bekommen, bin braun geworden in den letzten Wochen. Früher habe ich selten das Haus verlassen. Eigentlich nur, wenn es unbedingt nötig war.

Er mochte es nicht.

Jetzt sitze ich manchmal abends auf dem Bett, fahre mit den Fingern über meinen Arm und staune. Die Narben leuchten aus dem Braun heraus wie ganz junge Haut. Als läge hier ein zweites Leben bereit und ich müsste nur entschieden genug zugreifen.

Meine Tochter nimmt mich am Arm und dirigiert mich zu einem Fensterplatz. Sie lässt sich auf den Stuhl gegenüber fallen. Sie erzählt von ihrem Mann, den Kindern, dem Beruf, setzt Fragen voraus, die ich nicht gestellt habe.

Manchmal unterbricht sie sich, schaut mich an und schüttelt den Kopf, gerade so als hätte sie Angst, den Abend aus Versehen mit einer Fremden zu verbringen, während ihre gute alte Mutter am Nebentisch vergeblich wartet.

Beim Espresso fragt sie mich, worüber wir gestritten haben, ihr Vater und ich. Ein Streit ist die einzige Erklärung für sie. Aber damit kann ich nicht dienen. Es gab keinen Streit. Es gab die Erkenntnis, dass er mich menschenunwürdig behandelte. Wenn man nicht sicher ist, was man eigentlich meint, greift man ja gern zu den größten Worten. Gleich darauf merkte ich, dass ich nicht mal mehr wusste, wie ich behandelt werden wollte. Normalerweise hätte ich an diesem Punkt umkehren müssen, hätte einsehen müssen, dass ich mich wieder einmal irrte. Diesmal tat ich es nicht. Ich ging weiter und setzte mich ins Unrecht. Ich wollte wissen, wie die Dinge aussehen, von dieser Seite aus betrachtet.

„Das ist dir ja früh aufgefallen", sagt meine Tochter, „und auch nicht grad zum günstigsten Zeitpunkt."

Ich antworte ihr, dass es keine günstige Zeit dafür gibt. Zum Abschied reichen wir einander die Hand. Ich bleibe, bis das Café schließt.

Mitten in der Nacht steht Agnieszka in meinem Zimmer. „Er stirbt", sagt sie mit ihrer schönen

Altstimme. „Kommen Sie, er stirbt." Ich stelle mich schlafend, während ich darüber nachdenke, dass es grundfalsch ist, Agnieszka zu duzen, selbst wenn sie es will.

Ich spüre ihren Blick. Sehr lange beobachtet sie meine Augenlider, das weiß ich. Aber sie wird nicht lauter, berührt weder meine Hand noch meine Schulter.

Irgendwann ist sie weg. Sogar die Türen muss sie hinter sich geschlossen haben, denn das Stöhnen auf der anderen Seite des Flurs wird leiser, kaum dass sich ihre Schritte entfernt haben. Dennoch wage ich lange nicht, die Augen zu öffnen. Als ich es will, gelingt es mir kaum noch. Das Stöhnen ist inzwischen verstummt. In der Morgendämmerung schlafe ich ein.

Als ich aufwache, lastet Agnieszkas Blick noch immer auf meinen Lidern. Ich versuche mir einzureden, es sei nur die Müdigkeit. Milena bringt mir Kaffee ans Bett. Bozena streicht mir das Haar aus der Stirn. Sie sind alle gekommen, es ist also wahr. Wenn jemand stirbt, ist der Folgetag frei. Das weiß ich von Agnieszka.

Einen Moment lang bin ich versucht, nachzugeben,

mich fallen zu lassen, zu weinen. Aber sie würden es falsch verstehen. Würden für Trauer halten, was Erleichterung ist. Ich schiebe Milenas Hand weg. „Was soll ich mit Kaffee?“, frage ich. „Ich trinke schon längst keinen mehr.“

Sie schaut mich an, als hätte ich etwas Ungehöriges gesagt. „Aber Sie müssen doch wach sein, Sie müssen doch Totenwache halten, Sie sind doch seine Frau!“

Haikus

David Jacobs

Die Luft im Zimmer war stickig geworden. Die Sonne hatte in den letzten Stunden in breiten Bahnen den großen Raum mit ihrem Licht und ihrer Wärme angefüllt. Mit Birte hatte er immer darum gestritten, wann die Fenster geöffnet werden sollten. Damals hatte ihn dieses hin und her aufgeregt. Er war sich so kleinlich vorgekommen. Aber er hatte sich damit schwergetan, einfach nachzugeben.

Jetzt sehnte er sich nach diesem kleinen, alltäglichen Gezänk zurück.

Holger tastete nach den beiden Eheringen, die er nun an seinem Ringfinger trug. Er hatte ihre roten Haare geliebt und ihr Lachen. Schon vor Birtes Tod war sein Bezug zu der Wirklichkeit, die ihn umgab, irgendwie brüchig geworden. Die letzten drei Jahre hatten in seinem Gedächtnis keinen rechten Ort finden können. Er hatte sich die Erinnerung an das eigene Leben immer als einen großen wohlgeordneten Zettelkasten vorgestellt, in dem die einzelnen

Karteikarten mit Querverweisen und Notizen eng beschriftet waren. Er war stolz darauf gewesen, mit einem präzisen Griff die jeweils benötigte Karte zu finden. Aber die Karteikarten der letzten drei Jahre waren nur noch mit Stichpunkten versehen. Manche davon unleserlich, die chronologische Ordnung war durcheinandergeratene und er hatte die Befürchtung, dass einzelne Karten verloren gegangen sein könnten. Als Birte starb, war seine Schwester Hildrun aus Basel gekommen. Sie hatte sich um ihn kümmern müssen.

Langsam ging er zum Fenster und öffnete es weit. Kühle Luft strömte ins Zimmer. Er schnupperte. Ein Geruch vom ersten Welken der Blätter und von Heu lag in der Luft.

Als er das Fenster geschlossen hatte, entdeckte auf seinem Schreibtisch eine Karte aus grauem Karton mit einem kurzen Gedicht. Er konnte nicht sagen, wie die Karte da hingekommen war. Seit einiger Zeit schien es, als führten die Dinge ein Eigenleben. Sie verschwanden, tauchten unvermittelt wieder auf. Selten an den Orten, die er für wahrscheinlich gehalten hätte.

Ein Gedicht also. Er prüfte kurz die Zeilen. Kein

Zweifel. Ein Haiku. Birte hatte Haikus geliebt.

Er las:

Eine Katze schleicht.
Hüte dich wohl, Vögelein.
Gib acht und flieg fort.

Er lauschte auf den Klang seiner Stimme, während er laut las. Die Schrift war vertraut. Er erkannte Birtes Handschrift. Die Zeilen wirkten unsicher. Als hätte sie sich sehr konzentrieren müssen.

Gib acht und flieg fort.

Er musterte den grauen Karton. Dann blickte er auf. Er nahm seine Brille ab. Putzte die Gläser, putzte sie sehr sorgfältig, und las das Haiku noch einmal. Hatte es weitere Karten mit Gedichten gegeben? Er rätselte. Könnte sein, überlegte er. Mit Sicherheit konnte er das nicht sagen.

Er fand eine vage Erinnerung in seinem Gedächtnis, aber sicher war er sich nicht.

Er runzelte die Stirn und sah aus dem Fenster. Ein inneres Bild ging ihm nicht aus dem Kopf. Hatte es nicht eine alte Pralinenschachtel mit Haiku gegeben?

Er konnte es nicht mit Sicherheit sagen. Mal wieder nicht. Es war seit einiger Zeit oft so, dass er nicht fand, was er suchte, dass er nicht wusste, ob er sich das, was er suchte, nur eingebildet hatte. Die Welt war ein unzuverlässiger Ort geworden. Das Wissen über die Ordnung der Dinge kam ihm vor, wie ein Rudel Rehe, das sich tief in den Wald zurückzieht, wenn der Tag anbricht. Die Rehe sind dann nicht mehr zu sehen. Man weiß, dass sie irgendwo sein müssen, sie sind aber nicht zu sehen, verbergen sich in Dickicht, in Gestrüpp, im Unterholz.

Er würde Frau Dorota fragen. Sie war eine sanfte Frau, und sprach ein einfaches Deutsch mit vielen Fehlern und einem starken polnischen Akzent. „Guten Morgen Herr Holger, wie haben Sie sich geschlafen?" Das A verwandelte sich in ihrem Mund immer in ein schwach betontes, komplizenhaft klingendes O.

Er mochte den Klang ihrer Stimme. Seine Schwester hatte Frau Dorota eingestellt, nachdem er aus der Klinik zurückgekehrt war.

Sie war an einem Dienstagabend zusammen mit

seiner Schwester gekommen. Die beiden waren langsam durch die Wohnung gegangen, Frau Dorota hatte einzelne Schranktüren und Schubladen geöffnet, sich ihr Zimmer zeigen lassen und hatte genickt. „Wenn du mit ihr einverstanden bist, fängt sie gleich an", hatte Hildrun zu ihm gesagt. Er mochte Frau Dorota vom ersten Augenblick an. „Ja, gerne. Ich glaube, dass wird das Beste sein", hatte er gesagt und sie war in die Küche gegangen, um das Abendbrot zu richten.

Mit Frau Dorota kehrte wieder so etwas wie Ordnung in seine Welt zurück. Und wenn sich die Dinge wieder einmal verwirrten, sagte sie freundlich „No, da wollen wir doch mal sehen, warum das alles so durcheinanderig ist …"

Holger schnupperte noch einmal nach dem Herbstduft. Er blickte auf und sah in den Spiegel, der über der Kommode angebracht war. Das Spiegelbild, das ihn ansah, schien ihm manchmal, wie aus einer anderen Zeit zu stammen. Er sah dann die freundlichen Augen des jungen Mannes vor sich, der er einmal gewesen war. Oder er blickte in sein eigenes, scheues Lächeln, das Lächeln eines hoch aufgeschossenen Jungen. An manchen Tagen war ihm dieses Gesicht fremd. Ein alter Mann sah ihn an. Das Haar schütter und etwas zu lang. Die Augen gerötet. Holger hätte nie geglaubt, dass er einmal so alt werden würde.

Er nickte seinem Spiegelbild kurz zu, ging in die Küche und setzte Wasser auf. Er kramte nach den Teebeuteln, gab ein Stück Kandiszucker in die Tasse, brühte den Tee auf, zog die Gardine zurück und setzte sich ans Fenster. Beim ersten Schluck Tee schloss er immer die Augen, um den leicht säuerlichen Geschmack ungestört in sich aufzunehmen. Als er sie öffnete, blieb sein Blick an einer Pralinenschachtel haften. Sie lag auf dem Fensterbrett.

Er hielt inne. Gab es doch weitere Haiku? Er öffnet den Deckel der Schachtel. Seine Erinnerung hatte ihn also doch nicht getrogen. Mehrere Karten aus grauem Karton waren darin.

Rauch steht in der Luft.
Der Nachbar verbrennt sein Laub.
Bald kommt der Winter.

Er las das Gedicht noch einmal laut und folgte dem Geruch des Herbstes. Er betrachtete die Schrift auf dem grauen Karton.

Rauch steht in der Luft.
Der Nachbar verbrennt sein Laub.
Bald kommt der Winter.

Es wurde ruhig in ihm. Etwas löste sich in ihm. Er konnte nicht sagen, was es war.

Als er erwachte, hatte bereits die Dämmerung eingesetzt. „Ich bin eingeschlafen", sagte er leise, wie zu sich selbst. Das passierte ihm öfter. Er empfand fast so etwas wie Frieden, wenn er so mühelos in den Schlaf glitt. Er blinzelte, erhob sich vorsichtig vom Sofa, trug die Tasse in die Küche. Er wartete darauf, dass Frau Dorota das Abendbrot richtete. Meistens gab es dann Leberwurstbrote. Ein paar Essiggurken. Sie saßen zusammen, unterhielten sich. Wenn die Nachrichten kamen, gingen sie hinüber ins Wohnzimmer.

Als Frau Dorota nach dem Abendessen in ihr Zimmer ging, war es dunkel geworden. Er sah, wie sich das Zimmer in der Finsternis der Glasscheibe spiegelte.

Auf dem Fensterbrett entdeckte er eine Pralinenschachtel. Er nahm sie in die Hand. Ein paar Karten aus grauem Karton fielen heraus. Er betrachtete die Schrift. Sie kam ihm bekannt vor.

Birte hatte so geschrieben. Es sind Gedichte, erkannte er. Haiku. Er las.

> Der Tag wird mir eng.
> Ich weiß nicht, ob er mich trägt?
> Ach, wär´ er vorbei.

Er legte die Karte nachdenklich zur Seite. Er kannte solche Tage. Und er kannte die Angst, die ihn befiel, wenn er mit dem Öffnen der Augen in eine Welt blickte, die ihm plötzlich fremd erschien. Er blätterte weiter, überflog einzelnen Haiku, kehrte zu dem Gedicht zurück.

Das Gedicht ließ etwas in ihm mitschwingen. Er las das Haiku laut und fand sich im Klang seiner Stimme wieder. Er dachte an Birte. Hatte sie über sich geschrieben? Über die eigene Krankheit? Oder richtete sich das Gedicht an ihn?

Birte hatte Haiku geliebt. Manche hatte sie ihm vorgelesen. Ihm waren die wenigen Sätze immer zu knapp erschienen.

Er legte die Karten zur Seite. Er versuchte Birtes Bild in sich festzuhalten. Jetzt einfach so einschlafen ... er wollte ihr Bild und diese Traurigkeit des Haiku mit in den Schlaf nehmen.

Der nächste Tag begann wie immer. Doch beim Frühstück stutzte, als er den Blick über den Tisch wandern ließ. „Was ist das?", fragte er Frau Dorota und zeigte auf ein paar Karten aus grauem Karton, die neben seinem Teller lagen. „Ist denn schon Post gekommen?"

Frau Dorota schüttelte den Kopf und schaute ihn an. „Herr Holger", antwortete sie. „vielleicht lesen Sie das erst mal."

Er nahm eines der Kärtchen, las es und blieb einen Moment ganz still.

„Das sind Haiku, oder? Wo haben Sie die gefunden, Frau Dorota?"

Dann las er weiter. Las laut, las alle Haiku, die neben seinem Teller gelegen hatten, las sie ihr vor.

Rauch steht in der Luft.
Der Nachbar verbrennt sein Laub.
Bald kommt der Winter.

las er, und

Meine Sorge löst sich.
So ein reicher Augenblick,
wenn das Gras duftet.

und

Mein Bild im Spiegel:
Ich bin mir selbst fremd, aber
grüße mich freundlich.

Frau Dorota lauschte dem Klang seiner Stimme. Schwieg.

„Diese Haiku sind sehr schön", sagte sie.

„Wissen Sie, meine Frau hat Haiku geschrieben, Frau Dorota. Sie hat Haiku geliebt."

Ich fühle was, was du nicht fühlst

Manuel Zerwas

Im ersten Moment sah Naike ihn überhaupt nicht. Dabei saß er ihr in einem Sessel genau gegenüber. Allerdings saß er dort so bewegungslos und stumm und unauffällig, dass er beim ersten flüchtigen Blick mit dem Interieur fast verschmolzen war. Sein Kopf war in ihre Richtung gewandt, seine Augen geöffnet, aber richtungslos. Ein Blick, so ziellos wie das Lächeln der Frau, die ihr wenige Minuten zuvor die Tür geöffnet und etwas zu schnell wieder hinter ihr geschlossen hatte, als fürchte sie Blicke von außen. Knapp angebunden war sie gewesen, vielleicht auch etwas verlegen.

Naike kannte das bereits. Es sei die Idee seiner Schwester und seiner Kinder gewesen, hatte sie gesagt. Es habe Bedenken gegeben, Sie verstehen. Aber am Telefon habe man ja bereits alles besprochen. Das Geld liege auf dem Nachttisch. Das stimmte.

Naike war schnell durch den schlichten Flur des

Hauses geleitet und dann in das Zimmer eingelassen worden. Und hier stand sie nun.

Der Gesichtsausdruck des Mannes war offenherzig. Neugierig. Alles andere als abgenutzt. Weiche Gesichtszüge, dunkelbraune Haare mit angegrauten Inseln. Er mochte Mitte oder Ende Vierzig sein.

Die Stille im Zimmer war drückend.

Er saß ganz ruhig im Sessel, den Kopf leicht geneigt. Seine Hände lagen in seinem Schoß und seine Finger machten kleine Bewegungen, aber es wirkte nicht nervös, eher kontrollierend, prüfend, als würde er auf einem winzigen Klavier die Tasten erfühlen. Stumme musikalische Botschaften in einer Sprache, die nur er beherrschte.

Naike beobachtete einige Sekunden lang die Finger und deren sanfte Bewegungen. Dann besann sie sich und ging einen Schritt auf ihn zu. Eine leichte Bewegung seines Kopfes, ein kaum merkliches Ausrichten in ihre Richtung.

Naike wollte etwas sagen. Dann fiel ihr ein, was sie ja bereits wusste, ihr aber noch nicht wirklich klar geworden war. Sie blieb stehen.

Die Situation war für sie neu. Sie war bisher noch nie bei einem Mann gewesen, der weder sehen noch hören konnte. Eines von beidem, das war denkbar, das war wohl nicht nachzuempfinden aber vorstellbar. Aber beides entbehren zu müssen?

Sie hatte Kunden, die sich kaum oder gar nicht artikulieren konnten, das schon. Sie hatte Kunden, deren Intellekt, nun ja, sehr reduziert war. Oder die körperlich sehr eingeschränkt waren. Aber erst in diesem Moment dachte sie wirklich darüber nach, wie es diesem Mann vor ihr auf dem Sessel gehen mochte. Blind und taub. Zwei grundlegende Möglichkeiten der Wahrnehmung, deren Wegbleiben für sie unvorstellbar war, waren ihm verwehrt. Seine Kommunikation war eine grundlegend andere.

Noch immer blickte er sie offen und neugierig an, auch ein wenig erwartend, glaubte sie, tat sonst nichts, außer mit seinen Fingern auf diesem unsichtbaren winzigen Klavier zu spielen.

Naike sah sich kurz um. Das Zimmer war sehr aufgeräumt. Ebenso schlicht, wie der Flur des Hauses. Eine Kommode, ein Kleiderschrank, ein großes Bett. Weicher Teppich. An einer Wand hingen Fotos. Er in jüngeren Jahren, mit einer Frau und zwei Kindern, einem Mädchen und einem Jungen. Sie sahen ihm sehr ähnlich. Alle lächelten in die Kamera, auch er selbst. Auf einem Bild saßen er und die Frau im Auto, Meer im Hintergrund. Er saß am Steuer.

Sie wandte sich wieder zu ihm. Erneut ertappte sie sich, dass sie etwas sagen wollte, ihren Mund jedoch wieder verschloss. Dann ging sie langsam zu ihm, überlegte, wo sie ihn berühren sollte. Er roch gut, frisch geduscht. Seine gesamte Erscheinung war sehr gepflegt.

Naike wollte seine Hände nicht unterbrechen. Wollte ihn nicht erschrecken. Aber sie spürte, dass er wiederum spürte, dass sie direkt vor ihm stand. Sah sie nicht. Hatte auch nicht ihre Schritte gehört, nicht ihren Atem. Aber er wusste, dass sie nahe war.

Er könne bestimmt ihr Parfum riechen, hatte die Frau draußen vor der Tür ihr noch mitgegeben, das kenne er ja noch nicht.

Sie wartete. Aber es kam von ihm nichts weiter. Also legte sie, kurz zögernd, ihre linke Hand an seine Wange. Ein kaum merkliches Zucken. Die Finger änderten ihren Rhythmus. Er drückte seinen Kopf leicht gegen ihre Hand. Sekunden vergingen. Dann führte eine seiner Hände die ihre über sein gesamtes Gesicht. Seine Hand führte ihre, strich über seine Lippen, seine Nase, seine Augen.

Naike hörte und spürte, wie er sanft und leise an ihr roch. Sie stellte sich ihm genau gegenüber und legte ihre rechte Hand auf seine Schulter. Dann reckte er seine Hände ihrem Gesicht entgegen, sie musste sich leicht nach vorne beugen, ließ seine Hände ihre Wangen, ihre Stirn, ihre Nase erkunden, versuchte sich dabei vorzustellen, was sie sich nicht vorstellen konnte, wie er sie nun sah, durch seine Berührung, wie er ihre Konturen las und ein Bild in seinem Kopf unter seinen Fingern entstehen ließ. Dann nahm er wieder ihre beiden Hände und führte diese langsam über seinen Oberkörper, von rechts nach links, von oben nach unten, folgte einer nur für ihn zu sehenden Spur.

Mehr tat er nicht. Minutenlang ertastete er mit ihren Händen sein Gesicht und seinen Oberkörper. Sie meinte ein Zögern zu spüren, eine Scheu.

Auch das kannte sie.

Naike nahm langsam seine Hände und legte sie an ihre Hüften. Er erstarrte. Seine Finger ruhten. Dann begannen sie wieder ihren sanften Rhythmus an ihrem Körper. Anfangs auf der Stelle, dann zeigte sie ihm, dass er den Radius erweitern durfte. Er fuhr langsam ihre Seiten auf und ab, fuhr über ihren Hintern, vorsichtig und ruhig, als könne etwas zerbrechen, aber doch auch zielgerichtet. Aufnehmend.

Vor ihren Brüsten hielten seine Hände inne. Sie führte sie weiter.

Naike hörte ihn atmen. Hörte das Holz des Zimmers knacken. In der Nachbarschaft mähte jemand den Rasen. Sonst war es ruhig.

Und für ihn?

Sie wollte sich nicht anmaßen, seine Wahrnehmung nachempfinden zu können. Aber sie stellte es sich als kaltes Vakuum vor. Farblos, weder schwarz noch weiß, und weil sie sich nicht vorstellen konnte, absolut nichts zu hören, glaubte sie, dass er zumindest das dumpfe Rauschen seines eigenen Blutes wahrnehmen musste, so intensiv und bestimmend wie ein enges Tuch, in das man komplett eingewickelt wurde. Für einen Moment überkam sie eine Beklemmung, als sie zu begreifen versuchte, glaubte, an seiner Stelle Atemnot zu spüren, angesichts dieser Schwärze und Stille, dieser Nicht-Existenz der Bilder und Geräusche, dieses Fehlen dieser grundlegenden Wahrnehmungssphäre, dafür so sensibel für anderes, glaubte sich angekettet in einem unwirklichen Gefängnis. Die Beklemmung verschwand so schnell, wie sie gekommen war.

Ihre Hände knöpften sein Hemd auf. Auf seinem Unterarm entdeckte sie eine Tätowierung, die aus einem anderen Leben stammen musste. Einen Schriftzug, den sie nicht entziffern konnte. Über seine Brust und seinen Bauch zogen sich lange Narben, blass, aber für immer sichtbar. Auch an seiner rechten Schläfe, am Haaransatz, schlängelte sich wie ein versteinertes Fossil eine Narbe entlang. Und während sie seine Arme aus den Ärmeln befreite, musste sie daran denken, was passiert sein musste.

Die Frau auf den Fotos war nicht die Frau, die ihr die Haustür geöffnet hatte.

Ob sie ihn verlassen hatte? Oder war sie gestorben? Ein gemeinsamer Unfall, der ihn sprachlos und gehörlos und partnerlos zurückgelassen hatte? War das möglich?

Sie spürte ein Zittern in seinem gesamten Körper, als sie seine Hände über ihren nackten Oberkörper führte. Und seine Augen glänzten, als sie ihn zum Bett führte und seine Hose auszog.

Seine Finger spielten Klavier auf ihrem Rücken.

Das Kondom konnte sie ihm mühelos überziehen, ihre mit etwas Gleitgel bemantelte Hand ließ ihn erneut zittern. Als sie sich auf ihn setzte, konnte sie ein Zögern in seinem Gesicht erkennen, aber nicht in seinen trommelnden Fingern. Sie bewegte sich, er ebenso, irgendwie gutmütig, rücksichtsvoll, und er schnaufte und konnte nun nicht mehr aufhören zu zittern.

Naike war nicht erregt. Aber ihr Körper und ihr Geist waren auch nicht abgeschreckt. Sie hatte Kunden, deren Aussehen oder deren geistiger Zustand andere Menschen abschreckten. Sie hatte nie so empfunden. Sie glaubte zu wissen und zu spüren, dass sie den Männern, die sie traf und mit denen sie gegen Bezahlung ihre Zeit verbrachte, einen Teil Würde und Respekt und Menschlichkeit gab. Auch sie hatten ein Recht auf Nähe. Ein Recht auf Zärtlichkeit. Selten fiel es ihr schwer.

Während sie sich bewegte und spürte, dass es nicht lange dauern würde, musste sie immer wieder an seine Geschichte denken. Was er für ein Mann gewesen sein mochte, bevor passiert war, was passierte. Aber die Antworten würde er ihr schuldig bleiben. Ein Geheimnis. Nicht für ihn, nicht für die Frau, die ihr die Tür geöffnet hatte. Aber für sie. Gute Fragen blieben immer zu einem Teil Fragen.

Sein Schnaufen wurde schneller, seine Finger ebenfalls, dann lautloses Ächzen, sie hielt ihn fest, umklammerte seinen für einen Moment unkontrollierten Körper.

Dann legte sie sich neben ihn. Seine Augen waren geöffnet, blickten an die Decke und doch nirgendwo hin. Und doch musste er irgendetwas sehen, dachte Naike. Er musste Vergangenheit sehen. Dieses Geheimnis.

Sie zögerte einen Moment. Dann legte sie ihren Kopf auf seine nackte Brust.

Auch er schien zu zögern, bevor er eine Hand auf ihren Arm sinken ließ.

Seine Finger ruhten.

Die Autoren

Federleichte Kampfansage
Britta Bendixen

Geb. 1968 in Flensburg, begann 2012 mit dem Schreiben. 2014 wurde ihr erster Regionalkrimi „Höllisch heiß" im Boyens Buchverlag veröffentlicht. Im Frühjahr 2020 erscheint ihr mittlerweile vierter Krimi (Titel: „Der Tote im Camper") beim C. W. Niemeyer Verlag. Neben Krimis schreibt die gelernte Rechtsanwaltsfachangestellte gern Kurzgeschichten in den verschiedensten Genres und ist in diversen Anthologien vertreten.

In dem Buch „Flensburg – Um drei bei Eduscho" (Wartberg Verlag, 2016) stellt die Autorin Anekdoten rund um ihre Heimatstadt vor. Derzeit arbeitet sie u. a. an einem weiteren Projekt für den Wartberg-Verlag.

Akku leer
Petra Burger

Verheiratet, zwei erwachsene Töchter, lebt seit 13 Jahren in Traunstein im Chiemgau. Neben Musik und ihrem großen Garten liebt sie das geschriebene

Wort. Nach dem Studium arbeitete sie im Marketing und in einer Textagentur sowie als freiberufliche Texterin und Redakteurin. Heute ist sie Lektorin an der IUBH Hochschule in Bad Reichenhall. Auch privat schreibt sie seit Langem, hauptsächlich Kurzgeschichten, Glossen und Gedichte. Sie war Preisträgerin beim Maxi Krimiwettbewerb 2002; in den Anthologien: „Rendezvous mit dem Tod" und „Die besten Kugel-Schreiber" wurden Texte veröffentlich. Außerdem sind mehrere kurze Beiträge, zumeist Glossen, von ihr in der Tagespresse erschienen.

Zimmer 69
Ruth Edelmann

Verheiratet, zwei erwachsene Söhne. Geboren 1958 in Reutlingen, verschlug es die gelernte Bankkauffrau zunächst beruflich für einige Jahre nach Berlin, bevor sie wieder ins Schwäbische zurückkehrte. Ihre Liebe zum Schreiben entdeckte sie erst in ihrer zweiten Lebenshälfte. Seither wurden ihre Geschichten im dtv Verlag sowie in diversen Anthologien des Wellhöfer Verlags veröffentlicht.

Sie liebt Menschen mit Humor, gutes Essen, das Viertele, ihre Heimat und die schwäbische Mundart, die sie gerne den Protagonisten ihrer Geschichten in den

Mund legt. Derzeit arbeitet sie an ihrem ersten Kriminalroman.

Aprikosensommer
Kerstin Elsäßer

Jahrgang 1971, hat schon in ihrer Kindheit in Oberfranken festgestellt, dass es ohne Bücher nicht geht. Nach dem Abitur zog es sie nach Würzburg. An ein halbes Germanistikstudium schloss sie dort ein ganzes Studium der Sonderpädagogik an. Sie lebt heute mit ihrer Familie im Landkreis Eichstätt und arbeitet als Lehrerin in einem sonderpädagogischen Förderzentrum.

Schon immer hatte sie Freude am Schreiben. Als Kind pflegte sie begeistert viele Brieffreundschaften, heute verfasst sie leidenschaftlich gerne Geschichten.

Esther
Christina M. Erdmann

Geb. 1982, wohnhaft in Tostedt. Studium der Sozialarbeit in Koblenz, Kiel und Bremen. Seit 2013 Nachhilfelehrerin für Deutsch, Englisch, Mathematik, Politik, Geschichte.

2. Platz beim 7. Salzhäuser Literaturwettbewerb 2017, Thema: „Hinter der Wand". Titel des Beitrags: „Familienrezept".
2017:Anthologiebeitrag „Ein Teil von mir" in dem Buch „Von Fluchten und Wiederfluchten", herausgegeben von Artur Nickel, im Geest-Verlag, Vechta.
2014:Roman: „Meinst du das wirklich ernst? - Eine Geschichte des Umdenkens" im Geest Verlag.
2014:Kurzbeitrag „Warum habe ich eine andere Hautfarbe" - in dem Buch „Wir Kinder aus dem Brigach Tal – Ein Schreibprojekt der Grundschule Brigachtal", im Geest Verlag, Vechta.

Das Loch
Susanne Feiner

1973 in Bayern geboren und auch dort aufgewachsen, stammt aus einer Familie ohne Künstler und studierte deswegen Jura. Irgendwann legte sie ihren Beruf aber auf Eis und begann mit dem Schreiben. Seitdem verfasst sie Kinderbücher, Geschichten für Erwachsene und Theaterstücke. Dabei versucht sie, sich vor allem an den „drei H" zu orientieren: Herz, Hirn und Humor.

Die Autorin lebt mit ihrem Mann und ihren beiden Kindern in Ingolstadt.

Der Professor stirbt
Constanze Geertz

Jahrgang 1979, lebt als freie Lektorin in München. Sie absolvierte ein 'studium generale' am Leibniz Kolleg und studierte in Leipzig und München Logik. Nach einigen Jahren als Werbetexterin wandte sie sich der Literatur zu. Sie veröffentlichte in verschiedenen Magazinen, u.a. „Torso" und „Cognac&Biskotten", sowie in der Anthologie „Texte des Monats" des Literaturhauses Zürich. Als Pressesprecherin engagiert sie sich für die Literarische Sommerakademie Schrobenhausen.

Morgen früh, wenn ich will, wirst du wieder geweckt
Dr. Stefanie Gregg

Geboren 1970 in Erlangen, studierte Stefanie Gregg Germanistik, Philosophie und Kunstgeschichte in Bochum und Wien. Sie promovierte über „Das Lachen".

Nach Stationen bei Bertelsmann und der Unternehmensberatung A.T. Kearney widmet sich die Autorin nun ausschließlich dem Schreiben.

Stefanie Gregg ist Mitglied im Autorenverband Das Syndikat und im Netzwerk der Krimiautorinnen Mörderische Schwestern.

Lilli
Kathrin Hamel

1971 in Berlin geboren, lebt heute in Magdeburg. Seit 2003 verschiedene Literaturpreise, unter anderem Preisträgerin bei der Preisfrage der Jungen Akademie an der Berlin-Brandenburgischen Akademie der Wissenschaften und der Deutschen Akademie der Naturforscher Leopoldina 2008 sowie beim Dillinger Literaturpreis 2003. Zahlreiche Publikationen in Zeitschriften und Anthologien. Veröffentlichung der Bücher „Erde" (2015) und „Der letzte Tanzbär" (2019).

Der Mann im Zug, das Ding und ich
Renate Härtl

Geboren 1944 in Anatolin/Polen als jüngste von fünf Geschwistern. Vertreibung 1945. Vater vermisst. Kinder- und Schulzeit in Bielefeld NRW. Freie

Kunstschule in Hamburg. Studium: Freie Malerei und Kommunikationswissenschaften in Stuttgart.
Erfolgreich als Malerin, Texterin, Roman-, Drehbuch- und Theater Autorin und Regisseurin.
Sie erhielt den Bundesfilmpreis, ihre Produktionen waren unter anderem in ARD, ZDF und arte zu sehen.

Barfuß im Pyjama
Kerstin Harpaintner

Sie wurde am 28. März 1987 in Landshut geboren. Sie lebt zusammen mit ihrem Mann in einem kleinen Dorf nahe ihrer Geburtsstadt. Die Macht der Phantasie und des Schreibens zog die Niederbayerin früh in ihren Bann. Bisher waren ihre Geschichten allerdings nur für sie bestimmt. »Barfuß im Pyjama« ist ihre erste Veröffentlichung. Wie die Protagonistin in der Kurzgeschichte entschied sich auch die Autorin für einen anderen Lebensweg als den, der für sie vorgesehen war.

Meine Zigaretten mit Mariette
Andreas Hartmann

Geboren in Berlin, nahm sich schon in der 4. Klasse fest vor, Schriftsteller zu werden – und vergaß diesen Vorsatz erst einmal wieder. Sehr viel später erinnerte er sich an seinen Vorsatz. Oder besser: Er wurde daran erinnert. Denn über zwei Jahrzehnte später klopfte eine Geschichte so vehement an, dass er sie einfach aufschreiben musste. Daraus wurde sein erstes Buch, „Der Herr der Wolken".

Heute lebt und arbeitet Andreas Hartmann immer noch in Berlin, gemeinsam mit seiner Frau und ihren beiden Töchtern.

Der Herr der Wolken, Rowohlt, 2008, ausgezeichnet mit dem goldenen Bücherpiraten

Pirat der Seifenmeere, Obelisk, 2014

Auf die harte Tour, Obelisk, 2015, Shortlist des Hansjörg-Martin-Preises.

Haikus
David Jacobs

Er lebt in Bonn und wurde 1960 geboren. Er arbeitete als Hilfshausmeister, Erzieher, Fachlehrer und Heimleiter. Seit 2014 ist er hauptberuflich als Coach und Trainer tätig. Er begann 2017 mit dem Schreiben von Kurzgeschichten und Gedichten. „Haikus" ist seine Erstveröffentlichung. Wesentliche Impulse verdank er Paul Watermann und Johannes Koch. Neben seiner beruflichen Tätigkeit bietet er Schreibwerkstätten mit den Themen Lyrik und kreatives Schreiben an.

Shortlist Grassauer Deichelbohrer 2019

Findelfell
Julia Kersebaum

Geboren 1983 in Düsseldorf. Nach dem Abitur Ausbildung zur Buchhändlerin im Buchhaus Stern-Verlag. Von 2006 bis 2011 Studium der Theater-Film-Medienwissenschaften, Germanistik und Amerikanistik in Frankfurt a. Main, St. Louis (USA) und New York (USA). Anschließend Volontariat bei der Verlagsauslieferung Die Werkstatt in Rastede. Seit 2015 angestellt bei der S. Karger AG in Basel, Schweiz.

Shortlist Grassauer Deichelbohrer 2019

Glockengasse 13 – oder die Zeit mit Garib
Armena Kühne-Enzinger

1944 in Baden bei Wien geboren, aufgewachsen in Bayern, jetzt wohnhaft mit Familie in Anger. Sie arbeitete als Angestellte bei der Grenzpolizei und nach deren Auflösung bei der Schleierfahndung in Urwies. Als nachtaktiver Mensch meldete sie sich vorwiegend für den Nachtdienst, wo sie sich in ruhigen Stunden mit dem Schreiben von Kurzgeschichten beschäftigen konnte. So entstanden Kurzkrimis, Fantasie und Sozialkritisches. Zahlreiche Veröffentlichungen in Anthologien und Literaturzeitschriften folgten.

Sie ist Mitglied der Chiemgau-Autoren und im Schreibforum http://www.wortwechsel15.wordpress.com.

Shortlist Grassauer Deichelbohrer 2019

Nachts - Allein - im Wald
Cornelia Koepsell

Jahrgang 1955, Studium Germanistik, Geschichte, Betriebswirtschaft, literarisches Schreiben seit 2002. 85 Einzelveröffentlichungen in Literaturzeitschriften und Anthologien
3. Preis des Schwäbischen Literaturpreises 2011
Aufenthaltsstipendium Soltauer Künstlerwohnung 2014
Vigilius mountain resort Siegergeschichte 2013
3. Preis Frauen Literaturpreis 2014
3. Preis Berner Bücherwochen 2015

3. Preis Frauen Literaturpreis 2016 (Theaterstück)
Debütroman „Das Buch Emma" - Geest Verlag
Roman „Lauf weg, wenn du kannst" - Geest Verlag

Shortlist Grassauer Deichelbohrer 2019

Der Duft sterbender Bücher
Heidi Lackner

Jahrgang 1977, Stationen im Leben: Kindheit in Franken, Jugend in Karlsruhe, Leben und Arbeiten in Irland und Frankfurt, jetzige Heimat: Dachau im schönen Oberbayern. Ihre Brötchen verdient Heidi als Übersetzerin. Da Übersetzen für ein kreatives Hirn eher magere Kost ist, lebt sie nebenher ihre Leidenschaft fürs geschriebene Wort in Kurzgeschichten, Schreibgruppen, englischer Fanfiction und natürlich im Lesen zahlreicher Romane von T. C. Boyle bis Tolkien aus. Inspiration für ihre Geschichten findet Heidi beim Ausreiten, Klettern, Wandern in der Natur oder ganz einfach morgens in der Münchner S-Bahn.

Shortlist Grassauer Deichelbohrer 2019

Heimchen
Dr. Anke Laufer

Autorin Dozentin - text & redaktion, zuletzt erschienen: NACHTPROTOKOLLE (Stories) Blitz Verlag, 2017

Eine schwache Liebe hebt besser als eine starke
Michael Lichtwarck-Aschoff

Im Isartal geboren, lebt in der Nähe Augsburgs, wo er Jahrzehnte als Intensivmediziner arbeitete. Forschungstätigkeiten in München, Basel und Uppsala über Probleme der Beatmung, außerplanmäßiger Professor für Anästhesiologie und Intensivmedizin. Medizin und Wissenschaft lassen ihn auch beim Schreiben nicht ganz los, es schreibt sich ja auch leichter über Dinge, die man kennt. Mindestens gibt es dort Ausgangspunkte, von denen aus man auf weite Ausflüge mit ungewohnten Weggefährten losziehen kann.

Belletristische Veröffentlichungen

Hoffnung ist das Ding mit Federn (Klöpfer&Meyer, Tübingen, 2016)

Als die Giraffe noch Liebhaber hatte (Klöpfer&Meyer, Tübingen, 2017)

Der Sohn des Sauschneiders oder ob die Welt verbesserlich ist (Klöpfer, Narr, Tübingen 2019)

Partikel

Daniel Mylow

Geb. 19.08.1964 in Stuttgart. Nach Aufenthalten in Hannover, Düsseldorf, Willich, Berlin und Krefeld Studium in Bonn und Marburg. Nach Tätigkeit als Verlagslektor Ausbildung zum Waldorflehrer in Kassel sowie Ausbildung zum Poesiepädagogen in Karlsruhe. Seit 2004 Oberstufenlehrer für Deutsch, Philosophie, Theater und Geschichte in Hof, Wernstein, Mainz, Marburg; seit 2018 in Überlingen am Bodensee. Dozent für Literatur an der VHS.

Diverse Auszeichnungen für Kurzprosa und Lyrik. Veröffentlichungen in Literaturzeitschriften und Anthologien im In- und Ausland. 2 Einzeltitel.

Sophie will geküsst werden
Dr. Anna Neder von der Goltz

Dr.phil., lebt in Nürnberg. Sie studierte Sonderpädagogik und Theaterwissenschaft und hat zum Thema Jugend und Tod promoviert. Seit 2012 ist sie Mitglied des AutorenVerbands Franken und hält öffentliche Lesungen. 2014 ist ihr erster Erzählband „Ein anderes Leben wünsch ich mir" im Schweitzerhaus Verlag erschienen. Mit ihrem Debütroman

„Martha schweigt", stand sie auf der Longlist des Blogbusterpreises 2018

Nachts bin ich dir nahe
Lucia Neumann

Seit meiner Kindheit liebe ich es zu lesen und in die Welten zwischen den Buchdeckeln einzutauchen. Nach verschiedenen Ausbildungen und beruflichen Tätigkeiten bin ich nun Seelsorgerin und begleite Menschen in den allen Lebensaltern, -situationen und -krisen. Seit 2019 bin ich zudem auch Autorin.

Champignons im Glas
Juliane Pickel

Sie wurde 1971 in Ratingen geboren und lebt seit 1994 in Hamburg. Nach einem Studium der Erziehungswissenschaften in Münster und Hamburg und einer Fortbildung zur Fachzeitschriftenredakteurin arbeitete sie unter anderem als Bildungsforscherin, Dozentin und Werbetexterin, bevor sie in der Online-Redaktion des NDR anheuerte.

2017 wurde sie für ihre Kurzgeschichte „Freier Fall" mit dem Walter-Kempowski-Literatur-Förderpreis der Hamburger Autorenvereinigung ausgezeichnet.

2018 erhielt sie für ihr Romanprojekt „Der Unfall" einen Förderpreis für Literatur der Stadt Hamburg.

Schall und Rauch
Janika Rehak

Jahrgang 1983. Sie studierte in Hannover und arbeitet heute als Autorin, Texterin und Journalistin. Seit 2018 ist sie Vorstandsmitglied des Verbands deutscher Schriftstellerinnen und Schriftsteller (VS ver.di) des Landesverbands Bremen-Niedersachsen sowie Mitglied im Literaturkontor Bremen. Sie lebt mit ihrer Familie in Verden / Aller, hält Prag für die magischste Stadt der Welt und begeistert sich außerdem für Japan, Märchen und die Kultur der 20er Jahre. Am liebsten liest sie Franz Kafka und Haruki Murakami und freut sich über ihre stetig wachsende Sammlung an Graphic Novels.

Shortlist Grassauer Deichelbohrer 2019

Die Wasserstelle
Heiner Rosch

1970 in Berlin geboren, schrieb er schon früh Indianer-Geschichten. Seine Eltern wollten, dass er ein berühmter Theaterregisseur wird, er aber entschied sich für die freie Kunst. Mit der Pubertät trat der Rock'n'roll in sein Leben – heute kämpft er mit seiner Trompete in einer Blaskapelle für eine bessere Welt und spielt nebenher exotische Instrumente. Selbstverfasste und mit Erfolg vorgetragene Liebeslieder führten ihn zurück zum Schreiben. So entstand unter anderem für eine NGO ein international mehrfach preisgekrönter Kurzfilm zum Thema Klimawandel.

Sommer wie Winter
Markus Schneider

1980 in Stuttgart geboren lebt er heute mit Frau und Sohn in Hamburg. Studium Erziehungswissenschaften, Philosophie und Neue Deutsche Literatur. Danach Ausbildung zum Kinder- und Jugendlichenpsychotherapeut. 2013 Approbation. Arbeitet in der Kinder- und Jugendpsychiatrie des KKH Wilhelmstift, leitet dort die Institutsambulanz.
Short List beim 23. Münchner Kurzgeschichten-Wettbewerb
Veröffentlichung auf StoryApp, 3. Platz bei autoren@narrativa

Die Notwendigkeit weitreichenderVeränderungen
Ursula Schröder

ist im märkischen Sauerland zuhause, und dort spielen auch ihre Geschichten. Sie handeln vom ganz normalen Leben und werden bevorzugt mit einem Augenzwinkern erzählt. Hauptberuflich ist sie PR-Texterin und versorgt mit ihrer „Text&Ideenwerkstatt" Agenturen und die mittelständischen Unternehmen ihrer Region mit den passenden Worten für Print- und Internetveröffentlichungen.
Sie hat 14 Romane und zahlreiche Kurzgeschichten veröffentlicht.

Der Junge, der sich trennte
Dieter Sdun

Geboren wurde ich am 12. September 1960 in Düsseldorf, etwa eine halbe Stunde vor der Tagesschau. Meine Eltern ließen sich, noch bevor ich die Grundschule verlassen hatte, zwei Mal scheiden, jeweils voneinander. Die Geschichte dieser Trennungen und die vielen Umzüge, die damit verbunden waren, haben mein Leben geprägt. So habe ich als Kind eine Zeit lang unweit von Grassau, in Kiefersfelden gelebt. Nach der Mittleren Reife machte ich eine Berufsausbildung zum Bankkaufmann, holte über den Zweiten Bildungsweg mein Abitur nach, studierte Germanistik und Anglistik, promovierte über Walter

Benjamin und arbeitete als Journalist bei Zeitungen, dem Hörfunk und beim Fernsehen. Heute bin ich Sportredakteur beim Hessischen Rundfunk in Frankfurt und lebe mit meiner Frau, unseren drei Kindern und einem Berner Sennenhund in einem Weindorf in der Nähe von Mainz. Ich schreibe, um zu verstehen, wie ich so glücklich werden konnte, wie ich bin. Zwei Bücher habe ich bislang veröffentlicht: Herr Ludwig oder das Leben an sich (Kurzgeschichten) und Toter Mann mit Trachtenente (ein Kiefersfelden-Krimi).

Eine neue Chance
Melanie Sondershaus

43 Jahre, wohnt mit Mann und zwei Kindern in der Nähe von Tübingen. Sie studierte Mathematik, Germanistik und Informatik in Tübingen und arbeitet als Oberstudienrätin am Quenstedt-Gymnasium in Mössingen.
2003 gewann sie den Preis des Seminars Tübingen.
2005 erreichte sie den 3. Platz des nationalen Wettbewerbs „Science-on-Stage"
2018 erschien ihre Kurzgeschichte „Stille" in der Anthologie des 4. Bubenreuther Literaturwettbewerbs.

Rotkappe verkehrt

Anette Riech

wurde 1948 in Gelsenkirchen geboren und ist dort auch aufgewachsen. Studium Germanistik und Geographie an der Ruhruniversität. Des Meeres und der Liebe wegen 1971 zog sie nach Schleswig-Holstein. Dort folgte ein Jahrzehnte andauernder Kampf, Schönheit, Aussagekraft, Reichtum und Klang der deutschen Sprache in der Schule und auf Theaterbühnen zu vermitteln. Nebenbei Produktion verschiedener Texte. 2017 und 2018 erschienenen die Regionalkrimis „Angeliter Stück" und „Angeliter Nötigung".

Die Reise
Andreas Weidmann

Geboren 1967 in München. Aufgewachsen im Münchner Stadtteil Lehel. Nach dem Abitur Berufsausbildung im Rettungsdienst München. Studium der Humanmedizin in Regensburg und München. Ausbildung zum Facharzt für Neurologie. Von 2008 bis 2018 Chefarzt einer Neurologischen Klinik in Oberbayern, seit 2019 Ärztlicher Direktor einer Neurologischen Klinik in Südbaden. Der Autor lebt seit 20 Jahren mit seiner Frau und seinen drei Kindern in Rosenheim.

Das Zimmer
Sylvia Wimmer

arbeitet als Texterin in einer Marketingagentur. Seit vielen Jahren schreibt sie Kurzgeschichten, die Jury- und Publikumspreise gewonnen haben und in einer Anthologie erschienen sind.

In Ihrem Heimatort leitet sie einen Kulturkreis, schreibt Theaterstücke und führt Regie. 2017 erschien ihr Debütroman „Beppe und die Kunst des Nichtscheiterns", in dem sie zwei außergewöhnliche Freunde auf ihren Reisen durch Europa und den Nahen Osten begleitet, um festzustellen, dass das Wichtigste im Leben Loyalität und Freundschaft sind.

Manuel Zerwas
Ich fühle was, was du nicht fühlst

Geb. 1987 in Speyer, Studium in Landau und Mainz, Master of Education in den Fächern Deutsch und Sport. Ein Jahr Erzieher in einer Kindertagesstätte. Seit 2015 Lehrer an Gymnasien. Diverse Veröffentlichungen in Zeitschriften (Krachkultur, etcetera, Lichtungen, Krautgarten, ...) und Anthologien. Erster Lyrikband »Sinn im Unsinn« 2014 im Brot & Kunst Verlag in Karlsruhe erschienen. Preisträger Junges Literaturforum Hessen-Thüringen 2013, Martha-Saalfeld-Förderpreis 2015. Im Sommer 2016 sind seine Geschichten aus dem absurden Alltag eines Kita-Erziehers erschienen: »Jonas, nimm den Dinosaurier aus der Nase!« (Schwarzkopf & Schwarzkopf). Schreibt, weil er will.

Shortlist Grassauer Deichelbohrer 2019

Die Jury

 **Angeline Bauer** begann ihre berufliche Laufbahn als klassische Tänzerin. Freiberufliche Autorin ist sie seit 1983. 1987 bis 1991 Ausbildung zur psychologischen Beraterin mit Schwerpunkt tiefenpsychologische Traumdeutung und Katathymes Bilderleben. Von 1991 bis 1999 führte sie neben ihrer Autorentätigkeit auch eine Praxis für psychologische Beratung. Unter Pseudonym Friederike Costa und weiteren Pseudonymen Veröffentlichung unzähliger Kurzgeschichten und Krimis und mehr als zwanzig heiter-frecher Frauenromane im Heyne Verlag, München. Unter ihrem eigentlichen Namen folgten sieben historische Romane im Aufbau Verlag bzw. im Rosenheimer Verlagshaus. Dazu kamen rund ein Dutzend Sachbücher im Bereich Gesundheit, Psychologische Märchendeutung und weiteren Themenbereichen.

2006 belegte sie mit *Hahnemanns Frau* den 3. Platz des 'Sir Walter Scott' Literaturpreises. 2006 und 2009 Nominierungen ihrer Romane *Hahnemanns Frau* sowie *Die Niemalsbraut* für den Literaturpreis

'Die Delia' – 2006 ebenfalls 3. Platz. Die Niemals-braut wurde außerdem für *Book meets Film* nominiert.

Sie ist Gründungsmitglied der Autorenvereinigung DeLiA und hat mehrere Wettbewerbe geleitet. Im Jahr 2015 gründete sie den Verlag **by arp**, in dem sie Reiseführer, Ratgeber und Anthologien.

Mara Laue lebt und arbeitet als Berufsschriftstellerin und freie Künstlerin am Niederrhein. Die vielseitige Autorin schreibt Krimis, Science-Fiction, Fantasy, Horror, Liebesromane, Lyrik und Theaterstücke und blickt auf über 50 Buchveröffentlichungen zurück. Nebenbei unterrichtet sie kreatives Schreiben in Workshops und Fernkursen.

Im Jahr 2012 gewann sie ein Tatort-Töwerland-Literaturstipendium für den Kriminalroman „Brocksteins letzter Vorhang" und erreichte eine Platzierung beim „Sauerländer Theaterstückepreis" für das sozialkritische Stück „Abgestürzt"

 **Klaus Bovers**, geboren 1940 in Marburg an der Lahn, ist gelernter Buchhändler. Über viele Jahrzehnte hat er nichts ausgelassen, was die Buch- und Verlagsbranche an Chancen und Selbständigkeit zu bieten hat: Buchhändler, Antiquar, Vertriebsleiter in diversen Verlagen (u.a. Hanser), selbständiger Verlagsvertreter, Gründer einer Versandbuchhandlung. Als Bayern-Immigrant lebte und arbeitete er ab 1972 zunächst in der Verlagsstadt München, bis er vor vierzig Jahren den Chiemgau für sich entdeckte. Vor zehn Jahren ließ er sich als Literaturagent im Markt Grassau nieder, wo er erstmals die Lust am eigenen Schreiben entdeckte. Er ist Autor mehrerer Bücher über sein Lieblingsthema, den Chiemgau und die Chiemgauer. Außerdem schreibt er für Magazine und Tageszeitungen. Mit der Welt der Bücher und Verlage ist er gut vernetzt und auch heute noch überall dabei, wo es um Bücher und die Förderung unserer wertvollsten Kulturtechnik geht: Das Lesen und Schreiben.

 **Robert Höpfner**, geb. 1954 in München. 1981 zog es ihn nach Grassau, wo er das Amt des Kämmerers der Markgemeinde übernahm. Ab 2002 Geschäftsleiter der Gemeinde. In dieser Funktion war ihm das Kulturwesen anvertraut. Hervorzuheben ist, dass während seiner Amtszeit ein vitales und vielseitiges Kulturprogramm mit einem Kulturzentrum (Kulturleben im Hefter) entstanden ist. Seine Nähe zur Kultur war auch der Grund, dass er zum Vorstand der Wolfgang-Sawallisch-Stiftung mit Sitz in Grassau ernannt und mit seiner Pensionierung im März 2018 zum Kulturbeauftragten der Gemeinde bestellt wurde. Er liebt seit jeher das Schreiben, insbesondere die Lyrik und lyrische Prosa haben es ihm angetan. So hat er bereits mehrere Bücher veröffentlicht. Seit seiner Pensionierung schreibt er auch Kurzgeschichten und Essays. Seine Idee, für Grassau einen dauerhaften Literaturwettbewerb auszurichten, fand im Marktgemeinderat einstimmigen Anklang.

 **Dr. Constanze Wilken** ist Autorin und Kunsthistorikerin. Nach dem Studium der Kunstgeschichte, Literaturwissenschaften und Politologie in Kiel, promovierte die Autorin an der University of Wales in Aberystwyth, wo sie viele Jahre lebte. Als freiberufliche Autorin lebt und arbeitet Constanze Wilken heute in Norddeutschland, wenn sie nicht auf Reisen ist. Der Kunst bleibt sie durch kunsthistorische Expertisen, Ausstellungseröffnungen und Recherchen verbunden, die sie durch ganz Europa führen. Sie schreibt historische Romane, u.a. Die Tochter des Tuchhändlers und Gesellschaftsromane, von denen fünf in Wales spielen, u.a. Das Erbe von Carreg Cottage. Ihre aktuelle Reihe um 'Die Frauen der Villa Fiore' führt den Leser auf ein Weingut in der Toskana.

Als Mitglied des Literaturvereins DeLiA war sie bereits als Jurymitglied für den DeLiA-Literaturpreis tätig.

Unser Verlagsprogramm

Cres und Lošinj
ISBN Buch: 978-3-946280-54-5
ISBN E-Book: 978-3-946280-53-8
ASIN: B07B8NRDL2

Kreuzfahrt Madeira & Kanaren
ISBN Buch: 978-3-946280-26-2
ISBN E-Book: 978-3-946280-34-7
ASIN: B01F3STFFE

Krk -
ISBN Buch: 978-3-946280-17-0
ISBN E-Book: 978-3-946280-12-5
ASIN: B017WDI53G

Sevilla -
ISBN Buch: 978-3-946280-22-4
ISBN E-Book: 978-3-946280-09-5
ASIN: B015WKTK8K

Amsterdam –
ISBN Buch: 978-3-946280-21-7
ISBN E-Book: 978-3-946280-04-0
ASIN: B015WKTX8W

Salzburg -
ISBN Buch: 978-3-946280-24-8
ISBN E-Book: 9783946280019
ASIN: B0158B5ZC

Kopenhagen -
ISBN Buch: 978-3-946280-25-5
ISBN E-Book: 978-3-946280-03-3
ASIN: B015D045U2

Avignon -
ISBN Buch: 978-3-946280-49-1
ISBN E-Book: 978-3-946280-48-4
ASIN: B074C61QS5

München –
ISBN Buch: 978-3-946280-28-6
ISBN E-Book: 978-3-946280-29-3
ASIN: B01NH9HJPM

Prag -
ISBN Buch: 978-3-946280-20-0
ISBN E-Book: 978-3-946280-08-8
ASIN: B015WKTUNU

Venedig -
ISBN Buch: 978-3-946280-19-4
ISBN E-Book: 978-3-946280-10-1
ASIN: B015WKU1I8

Nürnberg -
ISBN Buch: 978-3-946280-18-7
ISBN E-Book: 978-3-946280-00-2
ASIN: B015WKTUNU

Danzig -
Buch - ISBN: 978-3-946280-23-1
ISBN E-Book: 978-3-946280-06-4
ASIN: B015WKTRA6

Trier –
ISBN Buch: 978-3-946280-36-1
ISBN E-Book: 978-3-946280-35-4
ASIN: B01IDCGDES

Radreisen – Alles, was Sie wissen müssen
Angeline Bauer und René Prümmel
ISBN Buch: 978-3-946280-62-0
ISBN E-Book: 978-3-946280-61-3 / ASIN: B0848HM8WC

Weser – Elbe – Weser-Harz-Heide -
Drei Radfernwege zu einer Radreise zusammengefasst
ISBN Buch: 978-3-946280-67-5
ISBN E-Book: 978-3-946280-66-8 / ASIN : B08RYYVDRN

Der Innradweg auf zwei Rädern und vier Pfoten –
ein heiterer Erlebnisbericht mit vielen praktischen
Reisetipps für Mensch und Hund
ISBN Buch: 978-3-946280-58-3
ISBN E-Book: 978-3-946280-44-6 / ASIN: B01MS9LNHO

Perle aus der Hundefabrik – Angeline Bauer
Acht berührende Hundegeschichten
ISBN E-Book: 978-3-946280-74-3
ISBN Buch: 978-3-946280-75-0 / ASIN: B0BKH23GK9

Verhängnisvolle Liebe einer Hofnärrin – Angeline Bauer
Historischer Roman
ISBN Buch: 978-3-946280-70-5
ISBN E-Book 978-3-946280-71-2 / ASIN: B09NW7T162

Die Tanztruppe vom dritten Stern rechts – Angeline Bauer
Jugendbuch – Ballett
ISBN Buch: 978-3-946280-73-6
ISBN E-Book: 978-3-946280-72-9 / ASIN: B0B8VSRR31

Literaturpreis Grassauer Deichelbohrer
30 Kurzgeschichten zum Thema GEHEIMNIS
ISBN Buch: 978-3-946280-65-1
ISBN E-Book: 978-3-946280-64-4 / ASIN : B08JZC34M1

Von Trennung, Tod und Trauer – Angeline Bauer
ISBN Buch: 978-3-946280-32-3
ISBN E-Book: 978-3-946280-02-6 / ASIN: B015D045U2

Angst überwinden und stark sein – Angeline Bauer
ISBN Buch: 978-3-946280-31-6
ISBN E-Book: 978-3-946280-05-7 / ASIN: B015WKTRYW

So finde ich mein Glück – Angeline Bauer
ISBN Buch: 978-3-946280-30-9
ISBN E-Book: 978-3-946280-07-1 / ASIN: B015WKTWRY

Und mehr - unter www.by-arp.de